哈福

哈福

圖解

法語單字
網絡串流記憶法

・心智圖學法語，單字快速記憶的捷徑・

附QR 碼線上音檔
行動學習 即刷即聽

林曉葳
Marie Garrigues◎合著

圖像輔助記憶，輕鬆好記！

哈福

心智圖學法語
單字快速記憶的捷徑

最新法語學習法大公開！

圖像輔助記憶，輕鬆好記！每天10分鐘，40天掌握法語詞彙；圖解法語單字，一目了然；單字分類聯想記憶，舉一反十，快又多；隨時聯想！隨時記憶！用最簡單的方法，奠定法語字彙基礎！

針對法語，文法有如它的骨頭，單字有如它的肉。在學習法語時，單字量的多寡，對於表達自己及瞭解文意，都有關鍵性的影響。

有鑑於此，本書特別精選了初學法語必學的1000多個單字，希望能夠幫助讀者快速學習，在最短的時間內，讓自己的法語能力，往前跨越一大步。

您曾經按照字母的順序，死背單字嗎？這樣枯燥的工作，讓我們對於語言的學習，常常半途而廢。現在，本公司為了讓廣大的讀者體驗，輕鬆學習法語的快樂，進而真正有效地學習法語，特別設計了國內第一本法語單字記憶秘笈——網絡串流記憶法。

　　這是一本跨時代的詞彙輔助教材，希望透過本書的巧妙設計，讓讀者有效率地學習法語。

　　本書每單元都有文字，引導您由特定的主題，做網絡串流記憶相關詞彙，配合著網絡圖，可以加深對單字的印象。

　　我們希望您在記憶完成之後，拿一張白紙，試著將自己記憶過的單字圖像，再次畫出。這樣的方式可以幫助您，讓背過的詞彙好像刻字一樣，進入自己腦中的長期記憶區，讓您不再背了又忘、忘了又背。

　　除此之外，每個單字都附有中文拼音，讓您會看中文，就能立刻説法語，完全沒有學習的負擔。這是專為您量身訂做的法語字彙書，不僅是初學及自修的最佳幫手，也是您學習法語、掌握法語的墊腳石。

　　因應新時代的來臨，外師的標準錄音，以「免費QR Code線上音檔」，全新呈現給讀者，行動學習，即掃即聽，隨時隨地，可充實法語單字能力，法語實力進步神速！線上MP3內容，為法文唸遍，法文唸一遍。請讀者注意法語老師的唸法，跟著老師的發音覆誦練習，才能講出最標準的發音，反覆練習，自然説出一口標準的法文。

本書使用方法

1. 看圖認識單字

　　每單元在開始時，可以看到依其單元主題建構成的聯想圖，而在圖旁，有引導您做聯想記憶的文字。請以利用文字配合圖做聯想的方式記憶單字。

　　確定記憶完成之後，請拿出一張空白紙，利用提示文字，從各單元的主題，再度開始做聯想，然後試著將自己記憶的單字冉以圖像的方式描繪下來。

2. 中文單字解釋及意義

　　學習歐洲語言，詞性一直都是重要的一環。尤其在法文中，詞性更是重要。為此，本書單字都附有中文的意義及詞性。除此之外，每個單字還附有中文拼音，讓你看中文拼音，就能立刻說法語。

3. 相關詞彙及相關用法

　　學習法語時，一定要經歷豐富自己單字量的過程，沒有單字的累積，想要瞭解長的句子是困難的。為此，本書在各單元中，依其主題特別增加了相關詞彙及用法。

4. 趣味測驗

　　在學習結束之後，每單元於結尾時均附上不同的趣味測驗：有些以填空、有些以歸類、有些以填字遊戲的方式進行。我們希望外語學習不會再是枯燥的背書，而是快樂、無負擔的經驗。

略語表

法語略語縮寫	中文意義
adj.	形容詞
adv.	副詞
pl.	複數、沒有單數型
v.	動詞

目錄

第一部份 人和社會

第二部分：日常生活

第三部分：大千世界

第四部分：基本單字篇

Vocabulaire de Français

第一部份

第一部份 人和社會
Partie 1 Humain et société

le corps

MP3-02

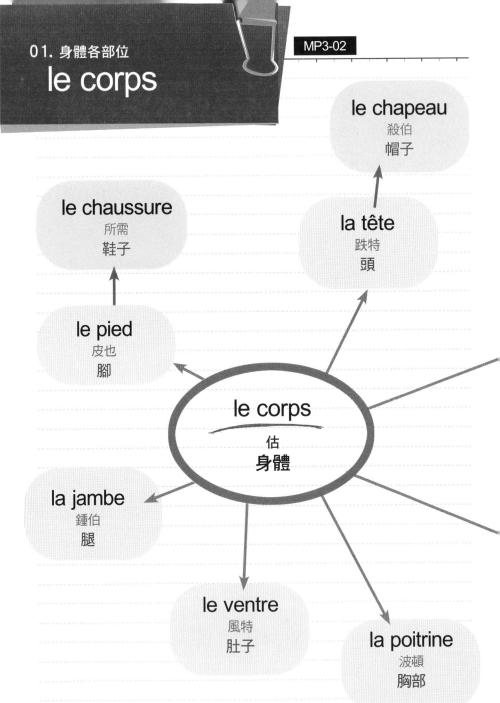

le chapeau
殺伯
帽子

le chaussure
所需
鞋子

la tête
跌特
頭

le pied
皮也
腳

le corps
估
身體

la jambe
鍾伯
腿

le ventre
風特
肚子

la poitrine
波頓
胸部

le bras
罷
手臂

1. 對於身體的聯想

想到身體(le corps)各部位，你想到什麼呢？

讓我們從自己的身體從上到下想一遍：想到我的頭(la tête)、手臂(le bras)、手(la main)、胸部(la poitrine)、肚子(le ventre)、腿(la jambe)還有腳(le pied)。

想到頭，又想到頭上戴的帽子(le chapeau)。

想到手就想到手上帶著手錶(le montre)。

想到腳就想到腳上穿的鞋子(les chaussures)。

la main
曼
手

la montre
蒙特
手錶

2. 單字中文意義及例句

讓我們來看看這些和身體有關的單字他們的中文意思及用其所造出的例句。

單字中文意義	例句
le corps 估 **身體**	C'est un lait hydratant pour le corps. 些 骯 列 害抓疼 婆 勒 估 這是身體專門用的乳液。
la tête 跌特 **頭**	Secoue ta tête comme moi. 色哭 塔 跌特 控 馬 和我一起搖搖頭。
le bras 罷 **手臂**	Mon bras est devenu plus gros récemment. 蒙 罷 ㄟ 得佛努 鋪律 國斯 雷色蒙 最近我的手臂變粗了。
la main 曼 **手**	Serrons-nous la main. 色龍 努 拉 曼 我們來握手。
la poitrine 波頓 **胸部**	J'ai mal à la poitrine. 接 馬 阿 拉 波頓 我的胸很痛。
le ventre 風特 **肚子**	Ma tante a un gros ventre. 馬 湯特 阿 骯 國斯 風特 我姑姑的肚子很大。
la jambe 鍾伯 **腿**	Sa jambe est blessée. 殺 鍾伯 ㄟ 伯雷些 他的腿受傷了。
le pied 皮也 **腳**	Elle a une entorse au pied. ㄟ 阿 淤 翁拓斯 歐 皮也 她的腳扭傷了。
le chapeau 殺伯 **帽子**	Ton chapeau est à la mode. 通 殺伯 ㄟ 阿 拉 磨的 你的帽子很流行。
la montre 蒙特 **手錶**	Ma montre avance de trois minutes. 馬 蒙特 阿鳳司 德 他 密率特 我的手錶快三分。
le chaussure 所需 **鞋子**	J'ai acheté de nouvelles chaussures. 節 阿許貼 德 努非樂 所需 我買了新鞋。

3. 相關詞彙

想要知道更多和我們身體各部位相關的單字嗎？知道了我們的手掌叫做la main，那手指呢？法文的手指叫做le doigt。

單字中文意義	法語單詞	中文拼音
背	le dos	鬥
手指	le doigt	搭
腳踝	la cheville	薛非
肩膀	l'epaule	ㄟ破了
膝蓋	le genou	葛努
皮膚	le peau	波
肌肉	les muscles	慕斯科
血	le sang	喪
臀部	le fesses	費斯

4. 趣味測驗

試試看，將本單元學到的單字圈出來！

L	E		V	E	N	T	R	E	L	É	P	A	U	L	E
A	L	E		B	R	A	S	L				L		L	
		L	A		T	Ê	T	E				E		E	
P		E		L	E		S	A	N	G					
O				E							C		D		
I		P				M					O		O		
T	L	E	S		C	H	A	U	S	S	U	R	E	S	L
R	E	A			H		S				P				A
I		U			A		C				S				
N	P			P		L	A		M	A	I	N			J
E	I			L	E	G	E	N	O	U					A
	E			A		S									M
	D			U	L	E		D	O	I	G	T			B
	L	A		C	H	E	V	I	L	L	E				E

le visage

MP3-03

les ciseaux
西所
剪刀

la brosse à dents
伯色 阿 動
牙刷

le cheveu
薛佛
頭髮

la dent
動
牙齒

le visage
非殺機
面貌

la bouche
布需
嘴巴

manger(v.)
蒙決
吃

la barbe
爸撥
鬍子

le nez
捏
鼻子

le rasoir
拉屎挖
刮鬍刀

sentir(v.)
鬆替
聞

14

voir (v.)

挖

看

1. 對於臉的聯想

想到自己的臉(**le visage**)，你想到什麼⋯

我們從上面開始想：先想到頭上的頭髮(**le cheveu**)，然後是眼睛(**l'œil**)、耳朵(**l'oreille**)、鼻子(**le nez**)。接著男人會長的鬍子(**la barbe**)還有鬍子下面的嘴巴(**la bouche**)及嘴巴裡面的牙齒(**le dent**)。

而想到頭髮就想到用來剪頭髮的的剪刀(**les ciseaux**)

想到眼睛就想到眼睛是用來看的(**voir**)

想到耳朵就想到耳朵是用來聽的(**entendre**)

想到鼻子就想到鼻子是用來聞的(**sentir**)

想到鬍子就聯想到刮鬍子的刮鬍刀(**le rasoir**)

想到嘴巴就想到嘴巴是用來吃的(**manger**)

想到牙齒就想到要用來刷牙的牙刷(**la brosse à dents**)

l'œil

婀以爾

眼睛

l'oreille

喔雷爾

耳朵

entendre(v.)

翁洞德

聽

2. 單字中文意義及例句

讓我們更進一步來學習這幾個和臉部有關的單字。

單字中文意義	例句
le visage 非殺機 **面貌**	Elle a un visage rond. ㄟ 啦 骯 非殺機 龍 她有一張圓圓的臉。
le cheveu 薛佛 **頭髮**	Tu ne t'es pas lavé les cheveux? 嘟 呢 跌 罷 拉非 疊 薛佛 你沒洗頭髮嗎？
l'œil 婀以爾 **眼睛**	Elle a de très beaux yeux. ㄟ 啦 德 推 撥 西爾 她的眼睛很漂亮。
l'oreille (f.) 喔雷爾 **耳朵**	J'ai mal à l'oreille. 傑 媽 阿 羅雷爾 我耳朵痛。
le nez 捏 **鼻子**	Quelque chose s'est collé sur mon nez. 給可 秀司 些 閣雷 蘇 蒙 捏 我的鼻子沾到東西了。
la barbe 爸撥 **鬍子**	Il se fait faire la barbe. 依 色 非 非 啦 爸撥 他讓人刮鬍子。
la bouche 布需 **嘴巴**	Ouvrez grand la bouche! 屋肥雷 葛龍 啦 布需 張開嘴巴！
la dent 動 **牙齒**	Je me brosse les dents avant d'aller me coucher. 著 麼 布色 雷 動 阿鳳 達類 們 哭血 我睡覺前刷牙。

la brosse à dents 伯色 阿動 **牙刷**	Cette brosse à dents est neuve. 些特 伯色 阿動 ㄟ 扭佛 這牙刷是新的。
les ciseaux (pl.) 西所 **剪刀**	Les ciseaux sont pratiques. 壘 西所 聳 趴踢 剪刀很實用。
le rasoir 拉屎挖 **刮鬍刀**	J'ai justement trouvé le rasoir. 傑 蹶斯特蒙 土非 勒 拉屎挖 我剛找到刮鬍刀。
voir (v.) 挖 **看**	Tu dois voir un dentiste. 度 搭 挖 骯 東替斯 妳應該去看牙。
entendre(v.) 翁洞德 **聽**	Tu peux entendre les oiseaux qui chantent? 度 撥 翁洞德 咧 刷所 機 兄特 妳可以聽到鳥在歌唱嗎？
sentir(v.) 鬆替 **聞**	Sentez ces fleurs! 鬆貼 些 佛勒 聞聞花香！
manger(v.) 蒙決 **吃**	Est-ce que je peux manger ce pain? ㄟ斯克 著 伯 蒙決 色 棒 我可以吃這麵包嗎？

特別注意

- l'œil(眼睛)的複數是les yeux。請注意！
- l'oreille(耳朵)和l'oreiller(枕頭)拼法相似，易看錯！

因為人有一雙眼睛、多顆牙齒及很多頭髮，所以眼睛(l'œil)、牙齒(le dent)及頭髮(le cheveu)這三個單字常以複數型les yeux、les dents及les cheveux出現。

3. 相關詞彙

下面整理了更多和臉部有關的單字。

單字中文意義	法語單詞	中文注音
額頭	le front	逢
眉毛	le soucil	蘇喜
睫毛	le cil	喜
面頰	la joue	朱
舌頭	la langue	浪葛
下巴	le menton	蒙懂

4. 相關片語及重要表現法

這裡還有一些和這單元有關的法文片語。

中文意思	法語表現法
口是心非的人	un homme à deux visages

裝出笑臉	faire un bon visage
差一點	à un cheveu près
以眼還眼，以牙還牙	Œil pour œil, dent pour dent
板起面孔	faire un long nez

5. 趣味測驗

請試著連接各項感官到右方適合的動詞。

● voir

● sentir

● manger

● entendre

le goût et l'odorat

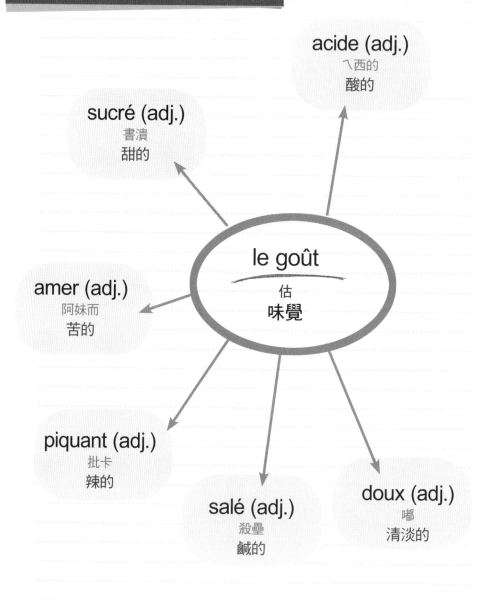

acide (adj.)
ㄟ西的
酸的

sucré (adj.)
書潰
甜的

le goût
估
味覺

amer (adj.)
阿妹而
苦的

piquant (adj.)
批卡
辣的

salé (adj.)
殺壘
鹹的

doux (adj.)
嘟
清淡的

1. 對於味覺和嗅覺的聯想

對於味覺(le goût)的聯想⋯

味道可分成酸(acide)、甜(sucré)、苦(amer)、辣(piquant)以外,

還可以分成鹹(salé)與清淡(doux)。

對於嗅覺(l'odorat)的聯想⋯

聞到的味道除了有香(odorant)有臭(mauvais),

也可以分成令人舒服的(agréable)或令人作嘔的(désagréable)味道。

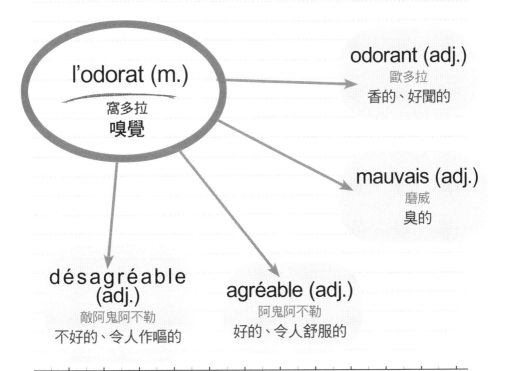

l'odorat (m.)

窩多拉
嗅覺

odorant (adj.)

歐多拉
香的、好聞的

mauvais (adj.)

磨威
臭的

désagréable (adj.)

敵阿鬼阿不勒
不好的、令人作嘔的

agréable (adj.)

阿鬼阿不勒
好的、令人舒服的

2. 單字中文意義及例句

　　讓我們來看看和嗅覺、味覺有關單字的中文意思及用其所造出的例句。

單字中文意義	例句
acide (adj.) ㄟ西的 **酸的**	Le citron est très acide. 勒 七同 ㄟ 推 ㄟ西的 檸檬很酸。
sucré (adj.) 書潰 **甜的**	Cette pomme est sucrée. 些特 繃 ㄟ 書潰 蘋果很甜。
amer (adj.) 阿妹而 **苦的**	Ce café est un peu amer. 色 卡非 ㄟ 骯 婆 阿妹而 這杯咖啡稍微苦了一點。
épicé (adj.) ㄟ皮些 **辣的**	Ce plat est un peu épicé. 色 撲辣 ㄟ 當 婆 ㄟ皮些 這道菜有點辣。
salé (adj.) 殺疊 **鹹的**	Les plats étaient légèrement salés. 疊 撲辣 ㄟ電 朗結盟 殺疊 飯菜稍微鹹了點。
doux (adj.) 嘟 **淡的、溫馴的**	Le cerf est doux. 勒 課夫 ㄟ 嘟 鹿很溫馴。
odorant (adj.) 歐多拉 **香的、好聞的**	Ce shampooing est très odorant. 色 相撲 推 歐多拉 洗髮精很香。
mauvais (adj.) 磨威 **臭的**	Le fromage, ça sent mauvais! 勒 佛馬據 灑 鬆 磨威 乳酪的味道很臭！
agréable (adj.) 阿鬼阿不勒 **好的、令人舒服的**	Les sons que fait le DJ sont agréables. 列 鬆 課 非 勒 低階 鬆 阿鬼阿不勒 DJ的聲音讓人覺得舒服。

désagréable (adj.)	Le son de ta voix est très désagréable.
敵阿鬼阿不勒	勒 鬆 德 塔 挖 ㄟ 推 敵阿鬼阿不勒
不好的、令人作嘔的	你的**聲音很難聽**。

3. 趣味測驗

試試看，依照提示填入字母！

提示

橫排
1. 苦的
2. 不好的、令人作嘔的
3. 甜的
4. 鹹的

直排
A. 香的、好聞的
B. 酸的
C. 好的、令人舒服的
D. 辣的
E. 淡的

l'apparence et le caractère

MP3-05

1.

對於外貌和
性格的聯想

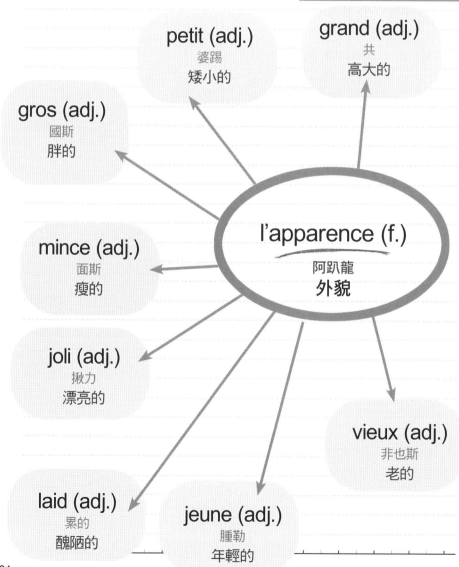

petit (adj.)
婆踢
矮小的

grand (adj.)
共
高大的

gros (adj.)
國斯
胖的

mince (adj.)
面斯
瘦的

l'apparence (f.)
阿趴龍
外貌

joli (adj.)
揪力
漂亮的

vieux (adj.)
非也斯
老的

laid (adj.)
累的
醜陋的

jeune (adj.)
腫勒
年輕的

先從外貌(l'apparence)做聯想…

人的外貌有高(grand)、矮(petit)、胖(gros)、瘦(mince)、美(joli)及醜(laid)。

除此之外還有年輕(jeune)及年老(vieux)。

接下來，聯想另一個主題：性格(le caractère)…

好的性格包括親切的(gentil)、努力用功的(appliqué)、有毅力的(patient)、節省的(économe)及有禮貌的(poli)。

壞的性格包括了雜亂無章的(désordonné)、懶惰的(paresseux)及

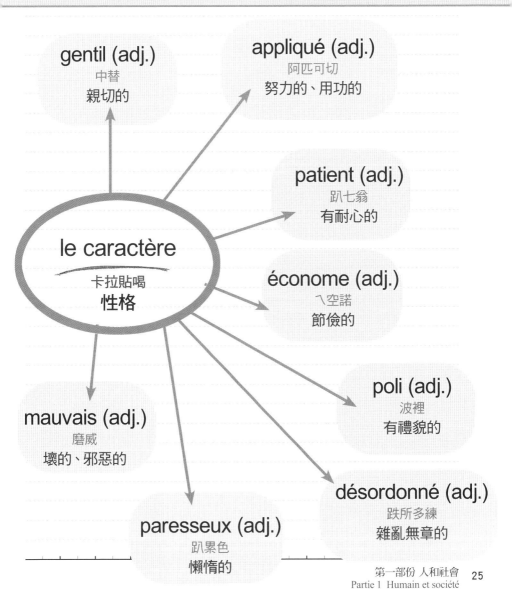

2. 單字中文意義及例句

除了學單字，利用例句學習字彙應用也很重要！

單字中文意義	例句
l'apparence (f.) 阿趴龍 **外貌**	**L'apparence des gens n'est pas importante.** 拉趴龍 跌 中 捏 八 喪破動 外表不重要。
le caractère 卡拉貼喝 **性格**	**Tu ne comprends pas son caractère.** 嘟 勒 恐朋 八 鬆 卡拉貼喝 你不瞭解他的個性。
grand (adj.) 共 **高大的**	**Monsieur Wei est très grand.** 米縮 魏 ㄟ 推 共 魏先生很高大。
petit (adj.) 婆踢 **矮小的**	**Les chaussures sont un peu petites.** 列 修序 鬆 骯 撥 婆踢 鞋子有點小。
gros (adj.) 國斯 **胖的**	**Notre maison d'édition est grosse.** 諾特 每鬆 跌低胸 ㄟ 國斯 這家出版社規模很大。
mince (adj.) 面斯 **瘦的**	**Cet enfant est devenu très mince.** 些 通風 ㄟ 得非努 推 面斯 那個小女孩長得很瘦。
joli (adj.) 揪力 **漂亮的**	**Le paysage d'Avignon est très joli.** 勒 背依殺 達維農 ㄟ 推 揪力 亞維農的風景很漂亮。
laid (adj.) 累的 **醜陋的**	**Tu n'es pas devenu laid en grandissant!** 嘟 捏 八 得威努 累的 東 拱低鬆 你長的一點也不醜。
jeune (adj.) 腫勒 **年輕的**	**J'aime les hommes jeunes et beaux.** 傑 類 鬆母 腫勒 ㄟ 撥 我喜歡年輕又英俊的男人。

vieux (adj.) 非也斯 老的	Monsieur Wang est très vieux. 密鬆 王 乀 推 非也斯 王先生很老。
gentil (adj.) 中替 親切的	Il est très gentil. 依 列 推 中替 他很親切。
appliqué (adj.) 阿匹可切 努力的、用功的	Mon frère étudie très sérieusement. Il est appliqué. 猛 費喝 乀 嘟低 堆 些瑞阿司蒙 依 類 阿匹可切 我弟弟很用功讀書。他很努力。
patient (adj.) 趴七翁 有耐心的	Il n'est pas patient, il fait les choses n'importe comment. 依 捏 八 趴七翁 依 佛 類 修司 囊破特 恐夢 他沒耐心，做事情很隨便。
économe (adj.) 乀空諾 節儉的	C'est une jeune fille très économe. 些 淤 種勒 非 推 乀空諾 她是一個很節儉的小女孩。
poli (adj.) 波裡 有禮貌的	Monsieur Wei est un homme très poli. 密鬆 魏 乀 東 農母 堆 波裡 魏先生很有禮貌。
désordonné (adj.) 跌所多練 雜亂無章的	La chambre est vraiment désordonnée, dépêche-toi de la balayer. 拉 商伯 乀 福雷蒙 跌所多練 低配薛 塔 德 拉 芭蕾爺 房間很亂，趕快打掃乾淨。
paresseux (adj.) 趴累色 懶惰的	Je trouve l'étudiant paresseux. 著 圖夫 咧嘟敵翁 趴累色 我覺得那大學生很懶惰。

3. 相關詞彙

想要知道更多表達外表及性格的單字嗎？當你談及別人時，可以善用下面的詞彙。

單字中文意義	法語單詞	中文拼音
嚴肅的	sérieux (adj.)	些裡惡
害羞的	timide (adj.)	踢米
嚴格的	sévère (adj.)	些費
可信賴的	sûr (adj.)	素
高傲的	orgueilleux (adj.)	歐葛業司
自豪的	fier (adj.)	費喝
謙虛的	humble (adj.)	薛博
愚蠢的	idiot (adj.)	依敵歐
有智慧的	sage (adj.)	殺句
機靈的	habile (adj.)	阿必
聰穎的	intelligent (adj.)	骯貼力重
瘋狂的	détraqué (adj.)	跌塔潰

4. 趣味測驗

A) 請寫出各形容詞的相反詞。

1.	jeune →	5.	gentil →

2.	petit →	6.	idiot →
3.	humble →	7.	gros →
4.	paresseux →	8.	laid →

B) 請將適合的單字填入空格中。

économe	vieux	sûr	mauvais	désordonné
timide	orgueilleux	timide	appliqué	sérieux

1. 形容不苟言笑的人，用的形容詞是 _____ 。

2. 形容對大家很好的人，用的形容詞是 _____ 。

3. 形容東西亂放的人，用的形容詞是 _____ 。

4. 形容看到女生就臉紅的人，用的形容詞是 _____ 。

5. 形容不愛亂花錢的人，用的形容詞是 _____ 。

6. 形容對別人很壞的人，用的形容詞是 _____ 。

7. 形容自己以為自己很厲害的人，用的形容詞是 _____ 。

8. 形容年紀很大的人，用的形容詞是 _____ 。

9. 形容每天用功讀書的人，用的形容詞是 _____ 。

10. 形容交代給他的事他都會完成、讓人放心的人，用的形容詞是
_____ 。

05. 情緒

le sentiment

MP3-06

1. 對於情緒的聯想

人有各種情緒(le sentiment)。有好的(bon)也有壞的(mauvais)。

有歡喜(joyeux)、憤怒(furieux)、悲哀(triste)也有快樂(heureux)。

除了這些，再記兩組反義詞：

勇敢的(courageux)或是害怕的(craintif)，

愛(l'amour)或是恨(la haine)。

la haine
憎恨

l'amour (m.)
阿慕兒
愛情

craintif (adj.)
康替夫
害怕的

courageux (adj.)
哭拉決
勇敢的

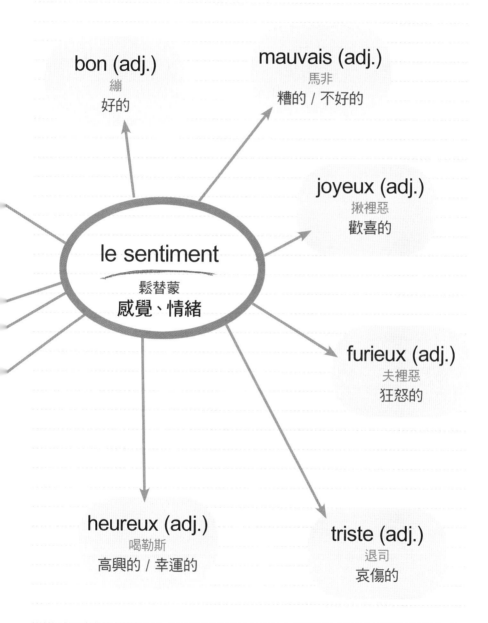

bon (adj.)
繃
好的

mauvais (adj.)
馬非
糟的 / 不好的

joyeux (adj.)
揪裡惡
歡喜的

le sentiment
鬆替蒙
感覺、情緒

furieux (adj.)
夫裡惡
狂怒的

heureux (adj.)
喝勒斯
高興的 / 幸運的

triste (adj.)
退司
哀傷的

2. 單字中文意義及例句

以下是和情緒有關單字的中文意思及用其所造出的例句。

單字中文意義	例句
le sentiment 鬆替蒙 **感覺、情緒**	J'ai le sentiment qu'il nous a menti . 傑 勒 鬆替蒙 機 努 殺 模踢 我感覺到他騙了我們。
bon (adj.) 繃 **好的**	Je ne suis pas de bonne humeur maintenant. 著 勒 思維 八 得 繃勒 淤磨 慢特濃 我現在心情不好。
mauvais (adj.) 馬非 **糟的 / 不好的**	Cette idée est vraiment mauvaise. 謝特 依跌 ㄟ 非樂蒙 馬非 這主意很糟糕。
joyeux (adj.) 揪裡惡 **歡喜的**	Je ne suis pas joyeux depuis quelques temps. 著 勒 司威 挖 揪裡惡 得普力 給課 通 最近我不快樂。
furieux (adj.) 夫裡惡 **狂怒的**	Qu'est-ce qui te rend aussi furieux? 給 司器 德 紅 凹西 夫裡惡 什麼事讓你那麼生氣啊？
triste (adj.) 退司 **哀傷的**	C'est une nouvelle très triste. 些 蹲 努威 推 退司 這真是一個悲傷的消息。
heureux (adj.) 喝勒斯 **高興的 / 幸運的**	Elle est très heureuse de me voir. ㄟ而 ㄟ 推 喝勒斯 德 麼 挖 她看到我很高興。
courageux (adj.) 哭拉決 **勇敢的**	Il est courageux de continuer à m'aider. 依 ㄟ 哭拉決 德 恐替努ㄟ 阿 沒跌 他很勇敢的一直幫助我。

craintif (adj.) 康替夫 **害怕的**	C'est un chien très craintif. 些 東 西安 推 康替夫 **這隻狗很害怕。**
l'amour (m.) 阿慕兒 **愛情**	J'ai un chagrin d'amour très douloureux. 傑 骯 家離 達慕兒 推 杜路樂 **失戀讓我感到很痛苦。**
la haine ㄟ **憎恨**	Pourquoi tant de haine entre vous?. 普跨 痛 德 ㄟ 翁特 舞 **為何有那麼多恨?**

3. 相關詞彙

　　想要知道更多和情緒相關的單字嗎？知道了哀傷的心情叫做 triste，我們也可以用ennuyeux (煩悶的)或soucieux (擔心的)來表達糟糕的情緒。

單字中文意義	法語單詞	中文注音
心情	l'humeur (f.)	淤末
舒服的	confortable (adj.)	恐奉踏伯勒
滿意的	satisfait (adj.)	殺提司非
煩悶的	ennuyeux (adj.)	翁弩惡
特殊的	singulier (adj.)	新鼓勵
擔心的	soucieux (adj.)	蘇熙娥
失望的	déçu (adj.)	跌蘇
快活的	enjoué (adj.)	翁珠蕾傑
惱怒的	fâché (adj.)	發雪

4. 趣味測驗

A) 這裡有四道感情選擇題，請依例，圈出一項和其他三項意義不同的詞彙。

1. satisfait, heureux, triste, joyeux
2. furieux, enjoué, déçu, mauvais
3. ennuyeux, furieux, craintif, heureux
4. joyeux, soucieux, craintif, mauvais
5. bon, confortable, mauvais, joyeux

B) 接下來試試看，將本單元學到的單字圈出來！

	E	S	I	N	G	U	L	I	E	R	
	N	F	U	R	I	E	U	X			
	N	T				J			S		H
	U	R		C	O	N	F	O	R	T	A	B	L	E
	Y	I	F	Â	C	H	É	Y		T	O	U
L	E	S	E	N	T	I	M	E	N	T	I	N	R
	U	T			D	U			S		E
	X	E	N	J	O	U	É	X		F		U
L	A	H	A	I	N	E	Ç			A		X
	C	O	U	R	A	G	E	U	X		I	
M	A	U	V	A	I	S	C	R	A	I	N	T	I	F

34

MEMO 試試看，將自己在這幾單元裡面記憶的
單字再以圖像的方式描繪下來。

Vocabulaire de Français

la famille

MP3-07

la famille

法密

家庭

1. 對於家庭的聯想

這個單元的主題是家庭(la famille)。請照著圖示由家庭中的長輩開始聯想背誦。

先想到祖父母(les grands-parents)，想到祖父(le grand-père)及祖母(la grand-mère)。

然後是父母(les parents)，爸爸(le père)及媽媽(la mère)。

接著想到夫婦關係(les époux)。夫婦關係包括了丈夫(le mari)及妻子(la femme)。

平輩兄弟姊妹(frère et sœur)。這包括了兄弟關係(le frère)及姊妹(la sœur)。

最後，自己的孩子(l'enfant)、兒子(le fils)及女兒(la fille)

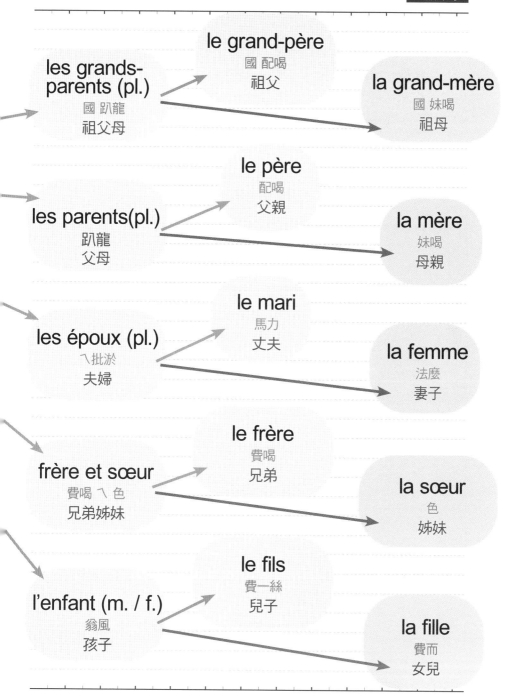

les grands-parents (pl.)
國 趴龍
祖父母

le grand-père
國 配喝
祖父

la grand-mère
國 妹喝
祖母

les parents(pl.)
趴龍
父母

le père
配喝
父親

la mère
妹喝
母親

les époux (pl.)
ㄟ批淤
夫婦

le mari
馬力
丈夫

la femme
法麼
妻子

frère et sœur
費喝 ㄟ 色
兄弟姊妹

le frère
費喝
兄弟

la sœur
色
姊妹

l'enfant (m. / f.)
翁風
孩子

le fils
費一絲
兒子

la fille
費而
女兒

2. 單字中文意義及例句

　　家庭是一個重要的概念、是我們遇到困難的避風港，現在讓我們來看看和家庭有關單字的中文意思及用其所造出的例句。

單字中文意義	例句
la famille 法密 **家庭**	Cette famille habite en dessous de chez moi. 謝特 法密 阿必 東 得蘇 德 寫 罵 那個家庭住在我家樓下。
les grands-parents (pl.) 國 趴龍 **祖父母**	Je suis en train d'écrire une lettre à mes grands-parents. 著 師威 翁 談 跌課力 淤 列特 阿 每 國 趴龍 我正在給我祖父母寫信。
le grand-père 國 配喝 **祖父**	Mon grand-père est parti en congé au Canada. 蒙 國 配喝 ㄟ 八踢 翁 摳傑 歐 喀拿大 我的祖父去加拿大度假了。
la grand-mère 國 妹喝 **祖母**	Ma grand-mère me protège tout comme maman. 馬 國 妹喝 磨 婆貼吉 兔 空 媽蒙 我的祖母像媽媽一樣照顧我。
les parents(pl.) 趴龍 **父母**	Mes parents ont l'intention d'aller passer des vacances à la campagne. 每 趴龍 翁 骯天西翁 達列 趴些 跌 瓦鋼絲 阿 拉 恐辦勒 我的父母計畫去鄉村度假。
le père 配喝 **父親**	Mon père est né en avril. 蒙 配喝 ㄟ 捏 翁 拿威爾 我爸爸是四月出生的。
la mère 妹喝 **母親**	Qui est la mère du bébé? 機 ㄟ 拉 妹喝 都 被被 誰是那小孩的母親？

les époux (pl.) ㄟ批淤 **夫婦**	Les époux habitent un endroit très éloigné. 列 些批淤 阿必 東 翁塔 推 ㄟ浪鎳 那對夫婦住在很遠的地方。
le mari 馬力 **丈夫**	Mon mari m'a offert un cadeau. 蒙 馬力 碼 歐佛 骯 卡多 我老公送我禮物。
la femme 法麼 **妻子**	Je trouve ma femme adorable. 著 兔夫 碼 法麼 阿多阿不勒 我覺得我老婆很可愛。
le frère 費喝 **兄弟**	Mon frère travaille dur tous les jours. 蒙 費喝 他外 度 兔 列 豬 我哥哥每天努力地工作。
la sœur 色 **姊妹**	Sa sœur est adorable comme ça. 殺 色 ㄟ 阿多阿不勒 空 殺 他妹妹如此之可愛。
l'enfant (m. / f.) 翁風 **孩子**	Les enfants doivent écouter ce que disent les adultes. 列 鬆風 達 ㄟ庫貼 色 科 低司 列 殺多特 孩子要聽大人的話。
le fils 費一絲 **兒子**	Mon fils est allé étudier aux Etats-Unis l'an dernier. 蒙 費一絲 ㄟ 阿列 ㄟ嘟敵耶 凹 先塔烏尼 朗 跌 泥業喝 我兒子去年去美國留學了。
la fille 費而 **女兒**	Ma fille étudie les beaux-arts. 媽 費而 ㄟ嘟敵 列 伯 阿 我女兒是美術系的學生。

3. 相關詞彙

想要知道更多和家庭相關的單字嗎？知道了兒子叫做le fils，那孫子呢？孫子的法文叫做le petit-fils。

單字中文意義	法語單詞	中文注音
親戚	la parenté	八冷給
孫子	le petit-fils	婆踢 非
孫女	la petite fille	婆踢 非而
叔叔	l'oncle (m.)	翁課
阿姨	la tante	燙特
堂兄弟 / 表兄弟	le cousin	估新
堂姊妹 / 表姊妹	la cousine	估新勒
侄子	le neveu	樂佛
姪女	la nièce	逆絲
姊夫 / 妹夫	le beau-frère	撥 非喝
嫂子 / 弟婦	la belle-sœur	撥 色
女婿	le beau-fils	撥 非
媳婦	la belle-fille	撥 非而

4. 趣味測驗

A) 請在看完短文後填入適當詞彙。

Max的爸爸是Elger、媽媽叫Emma。Elger和Emma除了Max以外還有一個女兒Sophie及一個兒子Wilheim。在Max長大後，他和Sara結婚。Max和Sara接下來這幾年生了三個小孩，分別是長女Vera、兒子Thomas及小兒子Wolfgang。

請問...

(1) Emma是Thomas的 _____ 。

(2) Vera是Thomas的 _____ 。

(3) Wolfgang是 Vera的 _____ 。

(4) Elger 和 Emma 是Max的 _____ 。

(5) Sara是 Vera的 _____ 。

(6) Wilheim、Sophie和Max三人的關係是 _____ 。

(7) Elger是Wilheim的 _____ 。

(8) Max是Elger的 _____ 。

(9) Sophie是Wolfang的 _____ 。

(10) Sophie是Elger的 _____ 。

B) 請將下表的字彙做適當的配對！

1. 爸爸的弟弟   a) le beau-frère

2. 妹妹的丈夫   b) le grand-père

3. 阿姨的兒子   c) la belle-sœur

4. 爸爸的父親   d) la tante

5. 哥哥的妻子   e) le beau-fils

6. 兒子的老婆   f) la belle-fille

7. 媽媽的姊姊   g) la cousine

8. 叔叔的女兒   h) l'oncle

9. 弟弟的女兒   i) la nièce

10. 女兒的丈夫   j) le cousin

1.	2.	3.	4.	5.	6.	7.	8.	9.	10.

la classe

MP3-08

l'étudiante (f.)
ㄟ嘟敵翁特
女大學生

l'institutrice
骷斯特推司
女老師

l'étudiant (m.)
ㄟ嘟敵翁
男大學生

l'élève (m. / f.)
ㄟ類佛
學生

l'instituteur
骷斯特度特
男老師

la classe
克拉司
教室

la table
他不羅
桌子

la bibliothèque
逼逼歐貼
圖書館

le livre
力佛
書

la craie
刻雷
粉筆

le tableau noir
他不羅 怒哈
黑板

la chaise
血斯
椅子

1. 對於教室的聯想

我們現在在教室(la classe)裡。

教室裡有老師，男老師(l'instituteur)、女老師(l'institutrice)…

大學裡老師教大學生，大學生有男大學生(l'étudiant)、女大學生(l'étudiante)…

小學裡老師教學生(l'élève)…

除了學生，教室前面有黑板(le tableau noir)，下面有椅子(la chaise)及桌子(la table)。

桌子上有書(le livre)。

寫黑板要用粉筆(la craie)。

要找資料或是借還書可以去圖書館(la bibliothèque)。

2. 單字中文意義及例句

除了學習很多和教室有關的單字，現在也要看看用這些單字造出來的句子。

單字中文意義	例句
la classe 克拉司 **教室**	Il y a beaucoup d'élèves dans la classe. 依 理 雅 撥哭 跌列佛 東 拉 克拉司 教室裡有很多學生。
l'instituteur 骯斯特度特 **男老師**	J'ai rencontré par hasard l'instituteur dans l'ascenseur. 傑 轟空推 拔 哈殺 郎斯特度特 東 拉鬆色 我碰巧在電梯裡碰到老師。
l'institutrice 骯斯特推司 **女老師**	L'institutrice a l'intention d'aller à Hong-Kong le mois prochain. 郎斯特推司 阿 骯東西歐 打類 阿 轟 空 勒 麻 婆炫 這女老師下個月計畫去香港。
l'étudiant (m.) ㄟ嘟敵翁 **男大學生**	L'étudiant travaille assidûment. 列嘟敵翁 他歪阿 阿西嘟蒙 這學生很用功。
l'étudiante (f.) ㄟ嘟敵翁特 **女大學生**	L'étudiante a soif. 列嘟敵翁特 阿 師瓦夫 這女大學生口很渴。
l'élève (m. / f.) ㄟ類佛 **學生**	L'élève a envie d'aller au cinéma 列類佛 阿 翁威 達列 凹 西念碼 這個學生想去看電影。
le tableau noir 他不羅 怒哈 **黑板**	Le professeur est en train d'écrire sur le tableau noir. 勒 婆飛兄 ㄟ 汪探 跌課力 蘇 他不羅 怒哈 教授在黑板上寫字。

la chaise 血斯 **椅子**	Cette chaise n'est pas stable. 些特 血斯 鎳 八 司踏伯勒 這椅子不牢固。
la table 他不羅 **桌子**	La table est mal rangée. 拉 他不羅 乀 馬 紅決 桌子很亂。
le livre 力佛 **書**	C'est un livre très connu. 些 當 力佛 推 恐拗 這是本很有名的書。
la craie 刻雷 **粉筆**	Il dessine avec une craie. 依 德喪 阿威 淤 刻雷 他用粉筆畫畫。
la bibliothèque 逼逼歐貼 **圖書館**	Ou se trouve la bibliothèque ? 屋 色 兔夫 拉 逼逼歐貼 圖書館在哪裡？

3. 相關詞彙

讓我們來學習更多和教室、學校相關的單字吧！

單字中文意義	法語單詞	中文注音
學校	l'école (f.)	乀闊勒
大學	l'université (f.)	屋你斐色貼
幼稚園	l'école primaire (f.)	乀闊勒 瞥米耶
休息	la pause	破司
暑假	les vacances d'été	瓦鋼絲 跌跌

寒假	les vacances d'hiver	瓦鋼絲 低飛爾
男教授	le professeur (m.)	婆非色
同學	le camarade	卡碼拉
書包	le cartable	卡他不羅

4. 趣味測驗

請依提示填入適當的詞彙。

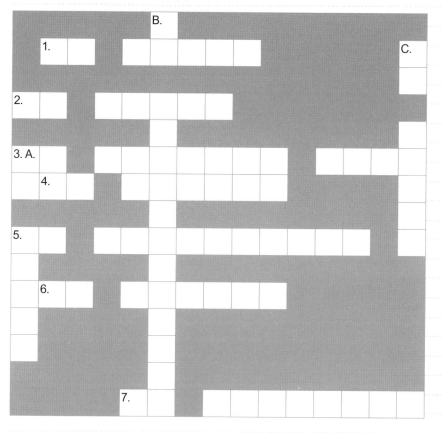

提示

橫排	直排
1. 休息	A. 書
2. 桌子	B. 圖書館
3. 甜的	C. 粉筆
4. 教室	
5. 教授	
6. 椅子	
7. 書包	

08. 文具
les articles de papeterie

le taille-crayon
太 潰擁
削鉛筆機

la gomme
共門
橡皮擦

le crayon
潰擁
鉛筆

1. 對於文具的聯想

繼上單元主題，這個單元我們聯想的主題是和學校相關的文具 (les articles de papeterie)

打開學校桌裡的抽屜，我們看到的文具有紙 (le papier)、筆、尺 (la règle)、圓規 (le compas) 和量角器 (le rapporteur)。

筆有分鉛筆 (le crayon)、原子筆 (le stylo)、彩色筆 (le crayon de couleur) 及水彩筆 (le pinceau)。

然後，想到紙，就想到把紙訂起來的釘書機 (l'agrafeuse)，及紙裝訂之後的筆記本 (le cahier)。

接著，想到鉛筆，也可聯想到把鉛筆削尖的削鉛筆機 (le taille-crayon) 及把錯字擦掉的橡皮擦 (la gomme)。

le papier
怕皮耶
紙

l'agrafeuse (f.)
阿嘎拉佛斯
釘書機

le cahier
嘎業
筆記本

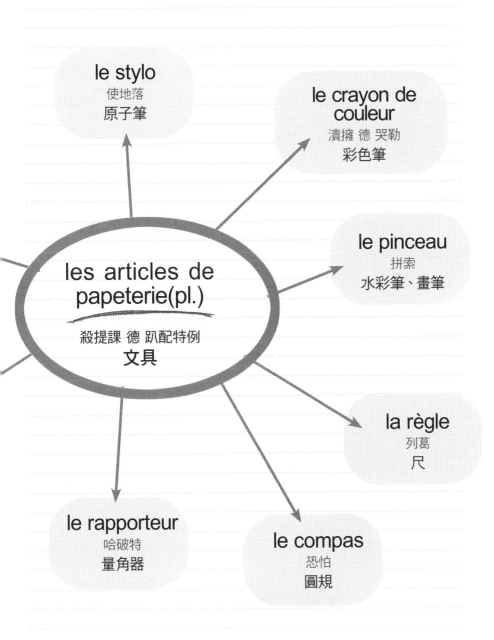

le stylo
使地落
原子筆

le crayon de couleur
潰擁 德 哭勒
彩色筆

le pinceau
拼索
水彩筆、畫筆

les articles de papeterie(pl.)
殺提課 德 趴配特例
文具

la règle
列葛
尺

le rapporteur
哈破特
量角器

le compas
恐怕
圓規

2. 單字中文意義及例句

您已經記下這些和文具相關的單字嗎？現在讓我們來看看用這些單字所造出的例句。

單字中文意義	例句
les articles de papeterie(pl.) 殺提課 德 趴配特例 **文具**	Dépêche-toi de mettre tes articles de papeterie dans ton sac. 低配薛 塔 德 妹特 貼 殺提課 德 趴配特例 東 東 殺課 快點把文具裝進書包裡。
le papier 怕皮耶 **紙**	Veuillez déposer le papier sur la table. 佛依業列 敵婆些 勒 怕皮耶 蘇 拉 踏伯勒 請把紙放在桌上。
le crayon 潰擁 **鉛筆**	J'ai besoin de deux crayons pour l'examen. 傑 伯撕望 德 得 潰擁 樸 列山慢 我考試需要兩枝鉛筆。
le stylo 使地落 **原子筆**	Ce stylo ne m'appartient pas. 色 使地落 勒 馬怕替 趴 這枝原子筆不是我的。
le crayon de couleur 潰擁 德 哭勒 **彩色筆**	Je veux acheter ces cinq crayons de couleur. 著 佛惡 殺薛貼 些 喪課 潰擁 德 哭勒 我想買這些彩色筆。
le pinceau 拼索 **水彩筆、畫筆**	Le pinceau est tombé par terre. 勒 拼索 ㄟ 通被 拔 貼喝 畫筆掉到地上了。
la règle 列葛 **尺**	Il y a une règle dans la boîte. 依 理 阿 淤勒 列葛 當 拉 拔 箱子裡有一把尺。
le compas 恐怕 **圓規**	Je veux acheter un compas. 者 佛惡 殺薛貼 骯 恐怕 我想要買一個圓規。
le rapporteur 哈破特 **量角器**	Où se trouve le rapporteur ? 屋 色 兔夫 勒 哈破特 量角器在哪裡？

le cahier 嘎業 **筆記本**	Est-ce que tu peux me donner ce cahier? ㄟ斯課 兔 伯 麼 東念 色 嘎業 這本筆記本可以送給我嗎？
l'agrafeuse (m.) 阿嘎拉佛斯 **釘書機**	Est-ce que je peux emprunter ton agrafeuse? ㄟ斯 課 著 伯 鬆婆貼 通 阿嘎拉佛斯 我可以借你的釘書機嗎？
la gomme 共門 **橡皮擦**	La gomme est posée sur l'étagère. 拉 共門 ㄟ 婆些 蘇 哩踏傑 橡皮擦放在書架上。
le taille-crayon 太 潰擁 **削鉛筆機**	Je n'ai pas emporté le taille-crayon. 著 碾 八 鬆婆貼 勒 太 潰擁 我沒帶削鉛筆機。

3. 趣味測驗

試試看！圈出本單元學過的詞彙！

		L	E		C	R	A	Y	O	N	L
	L	E		C	O	U	L	E	U	R		E
L	E		P	I	N	C	E	A	U		
A										P	
	S					C				A	
R	T		L	A		G	O	M	M	E	P
È	Y					M				I	
G	L	L	E		R	A	P	P	O	R	T	E	U	R
L	O		L	E		C	A	H	I	E	R	R
E						S					

le métier

1. 對於職業的聯想

對於職業 (le métier) 的聯想…

先從士農工商開始，然後聯想和食衣住行有關的行業，最後是軍警和娛樂行業。

士農工商的「士」可以以公職人員 (le fonctionnaire) 為代表。

接下來，農人 (l'agriculteur)、工人 (le travailleur)、商人 (le vendeur)。

和食衣住行的「食」有關的行業可以以廚師 (le cuisinier) 為代表。

和「衣」有關的是裁縫師 (le tailleur)。

和「住」有關的是建築師 (l'architecte)。

和「行」有關的是計程車司機 (le chauffeur de taxi)。

軍人這樣的職業以士兵 (le soldat) 為代表，警察的法文單字是 le policier

最後，娛樂行業讓人聯想到歌手 (le chanteur)。

l'agriculteur
阿鬼哭特
農夫

le fonctionnaire
風課西翁念
公職人員

le chanteur
兄德
歌手

le policier
波裡西耶
警察

le soldat
所達
士兵

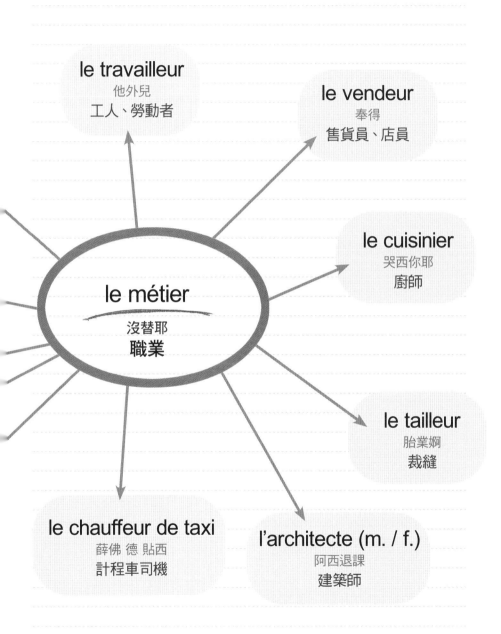

le travailleur
他外兒
工人、勞動者

le vendeur
奉得
售貨員、店員

le cuisinier
哭西你耶
廚師

le métier
沒替耶
職業

le tailleur
胎業婀
裁縫

le chauffeur de taxi
薛佛 德 貼西
計程車司機

l'architecte (m. / f.)
阿西退課
建築師

2. 單字中文意義及例句

　　除了學習到不少和職業相關單字以外，現在還要透過例句更熟悉這些字的用法。

單字中文意義	例句
le métier 沒替耶 **職業**	J'éxerce le métier de journaliste. 傑些司 勒 沒替耶 德 諸那裡斯特 我的職業是記者。
le fonctionnaire 風課西翁念 **公職人員**	Je suis d'accord avec le fonctionnaire. 者 思維 達闊 阿位 勒 風課西翁念 我同意那公職人員的說法。
l'agriculteur 阿鬼哭特 **農夫**	L'agriculteur est en train de dormir sous l'arbre. 拉鬼哭特 ㄟ 東燙 德 多米 蘇 辣伯勒 農夫在樹下睡著了。
le travailleur 他外兒 **工人、勞動者**	Le travailleur a envie de boire de l'eau. 勒 他外兒 阿 翁威 德 拔 德 落 那工人想喝水。
le vendeur 奉得 **售貨員、店員**	Thomas est un vendeur compétent. 湯馬士 ㄟ 骯 奉得 空配東 湯馬士是能幹的店員。
le cuisinier 哭西你耶 **廚師**	C'est un cuisinier connu. 些 東 哭西你耶 空女 這廚師很有名。
le tailleur 胎業婀 **裁縫**	Le tailleur n'est pas là. 勒 胎業婀 鎳 八 拉 裁縫不在。
l'architecte (m. / f.) 阿西退課 **建築師**	L'architecte est surpris de recevoir ce prix. 拉西退課 ㄟ 書闢 德 喝色襪 色 批 那建築師很驚訝能夠得獎。
le chauffeur de taxi 薛佛 德 貼西 **計程車司機**	Le chauffeur de taxi est en colère. 勒 薛佛 德 貼西 ㄟ 東 摳列喝 計程車司機生氣了。
le soldat 所達 **士兵**	Les soldats saluent le drapeau. 列 所達 殺魯 勒 達破 士兵們向國旗敬禮。

le policier 波裡西耶 警察	Monsieur Li est un policier droit. 眯所 李 ㄟ 東 波裡西耶 搭 李先生是一位很正直的警察。
le chanteur 兄德 歌手	C'est un chanteur professionel. 些 東 兄德 婆飛兄吶 他是很專業的歌手。

3. 相關詞彙

下面有更多和職業相關的單字。

你知道「作家」的法文是什麼嗎？作家的法文叫做l'écrivain。

單字中文意義	法語單詞	中文拼音
女秘書	la secrétaire	些潰貼
飛機駕駛員	le pilote	批羅特
機械工人，機械師	le mécanicien	每看你吸煙
工程師	l'ingénieur (m.)	喪局你而
會計員	le comptable	恐踏伯勒
女理髮師	la coiffeuse	垮佛司
作家	l'écrivain (m.)	ㄟ潰汪
翻譯者	le traducteur	團度特
播音員	le disc-jockey	力司課 就提
舞者	le danseur	通色
新聞記者	le journaliste	珠哪裡斯特
木工	le charpentier	殺碰踢耶
肉舖師傅	le boucher	不需勒
園藝工人	le jardinier	家當你耶
攝影師	le photographe	佛陀嘎
服務員、侍者	le serveur	色佛

4. 相關片語及重要表現法

1. 找工作三部曲

- être au chômage

  (失業中)

- chercher du travail

  (找工作)

- trouver du travail

  (找到工作)

2. 在介紹陌生人互相認識的時候，問到別人從事的職業的時候，可以用下面這句話：

Quelle est votre profession?

(您是從事什麼工作呢？)

在回答的時候，可以用「je suis + 職業名」這樣的句型。如下例：

Je suis écrivain.

(我是作家。)

5. 趣味測驗

請依問題填入適當詞彙。

1. ＿＿＿＿＿＿＿＿ 他的工作就是拍美麗的照片。

2. ＿＿＿＿＿＿＿＿ 在餐廳廚房裡面煮菜的人。

3. ＿＿＿＿＿＿＿＿ 開飛機的人。

4. ＿＿＿＿＿＿＿＿ 在電台放歌的人。

5. ＿＿＿＿＿＿＿＿ 他在軍隊中保國衛民。

6. ＿＿＿＿＿＿＿＿ 以採訪新聞為生。

7. ＿＿＿＿＿＿＿＿ 在農莊工作。

8. ＿＿＿＿＿＿＿＿ 以跳舞為生。

9. ＿＿＿＿＿＿＿＿ 開計程車是他的職業。

10. ＿＿＿＿＿＿＿＿ 一個喜歡寫作並且寫了多本暢銷小說的人。

Les pays du monde

MP3-11

1. 對於各國人及各國語言的聯想(1)

先想到歐洲的國家。在歐洲有法國(la France)、德國(l'Allemagne)、俄國(la Russie)、英國(l'Angleterre)及西班牙(l'Espagne)…等。

在法國居住、有法國國籍的人是法國人(le Français)。

在法國，人們交談用的是法語(le français)。

在德國居住、有德國國籍的人是德國人(l'Allemand)。

在德國，人們交談用的是德語(l'allemand)。

在俄國居住、有俄國國籍的人是俄國人(le Russe)。

在俄國，人們交談用的是俄語(le russe)。

在英國居住、有英國國籍的人是英國人(l'Anglais)。

在英國，人們交談用的是英語(l'anglais)。

在西班牙居住、有西班牙國籍的人是西班牙人(l'Espagnol)。

在西班牙，人們交談用的是西語(l'espagnol)。

la France
逢司
法國

le Français
逢謝
法國人

le français
逢謝
法語

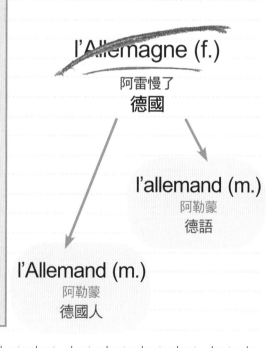

l'Allemagne (f.)
阿雷慢了
德國

l'allemand (m.)
阿勒蒙
德語

l'Allemand (m.)
阿勒蒙
德國人

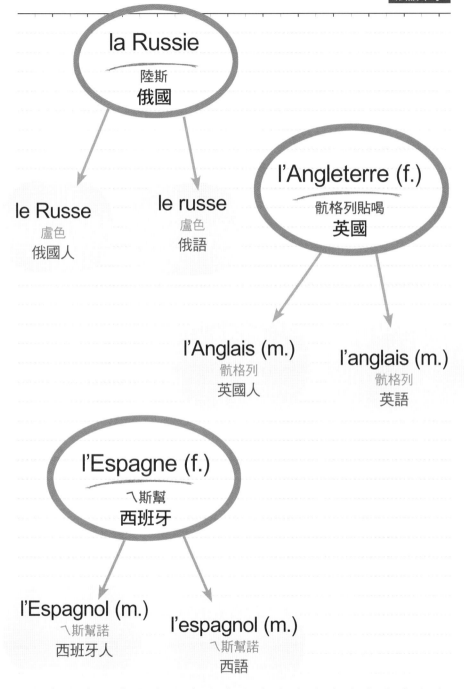

la Russie
陸斯
俄國

le Russe
盧色
俄國人

le russe
盧色
俄語

l'Angleterre (f.)
骯格列貼喝
英國

l'Anglais (m.)
骯格列
英國人

l'anglais (m.)
骯格列
英語

l'Espagne (f.)
ㄟ斯幫
西班牙

l'Espagnol (m.)
ㄟ斯幫諾
西班牙人

l'espagnol (m.)
ㄟ斯幫諾
西語

1. 對於各國人及各國語言的聯想(2)

　　然後,在美洲有美國(les Etats-Unis),在亞洲有中國(la Chine)及日本(le Japon)。在美國居住、有美國國籍的人是美國人(l'Américain)。在美國,人們交談用的是英語(l'anglais)。在中國居住、有中國國籍的人是中國人(le Chinois)。在中國,人們交談用的是漢語(le chinois)。在日本居住、有日本國籍的人是日本人(le Japonais)。在日本,人們交談用的是日語(le japonais)。

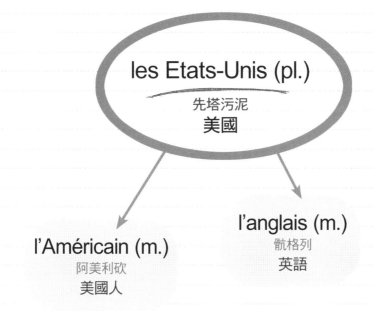

les Etats-Unis (pl.)

先塔污泥

美國

l'Américain (m.)

阿美利砍

美國人

l'anglais (m.)

骯格列

英語

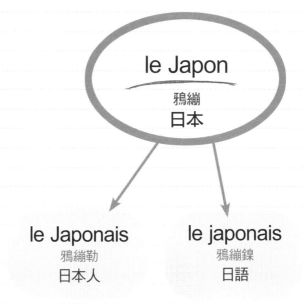

le Japon

鴉繃

日本

le Japonais

鴉繃勒

日本人

le japonais

鴉繃鎳

日語

2. 單字中文意義

以下是和世界各國、其人民以及其語言相關單字的中文意思。

國名	居民	語言
la France 逢司 **法國**	le Français 逢謝 **法國人**	le français 逢謝 **法語**
l'Allemagne (f.) 阿雷慢了 **德國**	l'Allemand (m.) 阿勒蒙 **德國人**	l'allemand (m.) 阿勒蒙 **德語**
la Russie 陸斯 **俄國**	le Russe 盧色 **俄國人**	le russe 盧色 **俄語**
l'Angleterre (f.) 骯格列貼喝 **英國**	l'Anglais (m.) 骯格列 **英國人**	l'anglais (m.) 骯格列 **英語**
l'Espagne (f.) ㄟ斯幫 **西班牙**	l'Espagnol (m.) ㄟ斯幫諾 **西班牙人**	l'espagnol (m.) ㄟ斯幫諾 **西語**
les Etats-Unis (pl.) 先塔污泥 **美國**	l'Américain (m.) 阿美利砍 **美國人**	l'anglais (m.) 骯格列 **英語**
la Chine 吸了 **中國**	le Chinois 西那 **中國人**	le chinois 西那 **漢語**
le Japon 鴉繃 **日本**	le Japonais 鴉繃鎳 **日本人**	le japonais 鴉繃鎳 **日語**

3. 相關詞彙

下面收錄了更多國家的名字。

單字中文意義	法語單詞	中文拼音
比利時	la Belgique	別幾課
丹麥	le Danemark	丹勒馬
義大利	l'Italie (f.)	義大利
荷蘭	l'Hollande (f.)	活藍
波蘭	la Pologne	波龍葛
葡萄牙	le Portugal	婆兔家
瑞典	la Suisse	司威斯
瑞士	la Suède	司威得
土耳其	la Turquie	圖其

4. 趣味測驗

請填入缺少的字母。

1. 義大利　　l' _ _ _ _ i e
2. 英國　　　l' _ _ _ _ _ _ _ e r r e
3. 比利時　　la _ _ _ _ _ q u e
4. 中國　　　le Chi _ _ _ _ _
5. 德國　　　l' _ _ _ _ _ _ _ _ n e
6. 土耳其　　la Tu _ _ _ _ e
7. 丹麥　　　l _ Da _ _ _ _ _ a r k
8. 法國　　　l _ _ _ _ _ _ e
9. 西班牙　　l' _ _ _ _ _ _ n e
10. 日本　　　le J _ _ _ n

Vocabulaire de Français

第二部份

第二部分 日常生活
Partie 2 Vie quotidienne

le repas

MP3-12

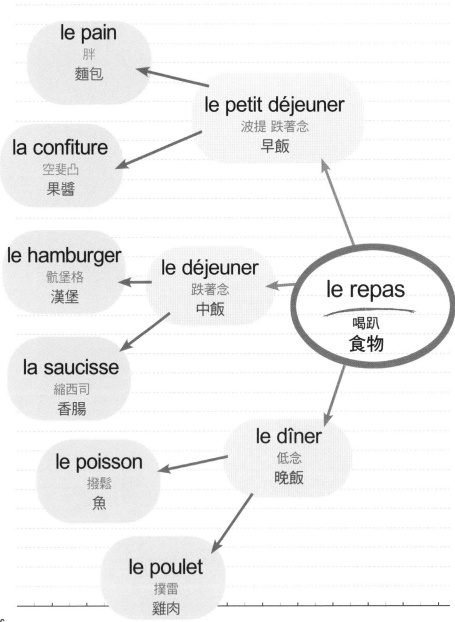

le pain
胖
麵包

le petit déjeuner
波提 跌著念
早飯

la confiture
空斐凸
果醬

le hamburger
骯堡格
漢堡

le déjeuner
跌著念
中飯

le repas
喝趴
食物

la saucisse
縮西司
香腸

le dîner
低念
晚飯

le poisson
撥鬆
魚

le poulet
撲雷
雞肉

1. 對於食物的聯想

對於食物(**le repas**)的聯想⋯

先想到我們一天要吃三餐：早餐(**le petit déjeuner**)、中餐(**le déjeuner**)及晚餐(**le dîner**)。

在早餐我們吃麵包(**le pain**)塗果醬(**la confiture**)。

中午可以吃漢堡(**le hamburger**)及吃香腸(**la saucisse**)。

晚餐吃魚(**le poisson**)還有雞肉(**le poulet**)。

對於飲料(**la boisson**)的聯想⋯

在早餐喝牛奶(**le lait**)，中午喝杯咖啡(**le café**)。

下午喝茶(**le thé**)，晚上吃肉時喝啤酒(**le bière**)。

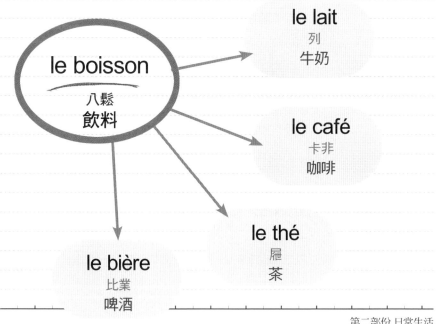

le lait
列
牛奶

le boisson
八鬆
飲料

le café
卡非
咖啡

le thé
屜
茶

le bière
比業
啤酒

2. 單字中文意義及例句

現在，讓我們來認識和飲食相關的單字…

單字中文意義	例句
le repas 喝趴 **食物**	Il mâche toujours un chewing-gum après chaque repas. 依 罵需 禿主 骯 蚯蚓 剛 阿配 下課 喝趴 他飯後一定嚼口香糖。
le petit déjeuner 波提 跌著念 **早飯**	Je n'ai pas pris le petit déjeuner. 著 碾 趴 批 勒 波提 跌著念 我沒吃早餐。
le déjeuner 跌著念 **中飯**	C'est l'heure du déjeuner. 些 勒 度 跌著念 現在是午餐時間。
le dîner 低念 **晚飯**	C'est moi qui ai fait le dîner. 些 罵 機 ㄟ 費 勒 低念 晚飯是我做的。
le pain 胖 **麵包**	J'ai acheté du pain. 傑 阿雪貼 嘟 胖 我買了麵包。
la confiture 空斐凸 **果醬**	Où vend-on des confitures? 屋 風 東 跌 空斐凸 哪裡有賣果醬？
le hamburger 骯堡格 **漢堡**	Le hamburger est trop gros pour moi. 勒 骯堡格 ㄟ 拖 國斯 撲 罵 對我來說這漢堡太大了。
la saucisse 縮西司 **香腸**	La saucisse a un goût bizarre. 拉 縮西司 阿 骯 估 逼薩 這香腸有一種奇怪的味道。
le poisson 撥鬆 **魚**	Le poisson est frais. 勒 撥鬆 ㄟ 推 費司 魚肉很新鮮。

le poulet 撲雷 **雞肉**	Le poulet est délicieux. 勒 撲雷 ㄟ 低利雪 雞肉很好吃。
la boisson 八鬆 **飲料**	On va prendre une boisson dans un bar. 翁 挖 碰得 淤 八鬆 東鬆 八 我們去酒吧喝點飲料。
le lait 列 **牛奶**	Il y a du lait dans le frigidaire. 依 理 阿 嘟 列 東 勒 飛機貼 冰箱裡有牛奶。
le café 卡非 **咖啡**	Et si nous nous reposions un peu et prenions un café? ㄟ 西 努 喝碰西翁 骯 婆 ㄟ 朋你翁 骯 卡非 喝杯咖啡，休息一下吧？
le thé 屜 **茶**	Tu arrives trop tard, le thé est déjà froid. 度 阿力非 拖 踏 勒 屜 ㄟ 跌家 法 你這麼晚回家，茶都冷了。
la bière 比業 **啤酒**	J'ai très envie d'une bière fraîche. 傑 推 翁非依 比業 斐雪 我好想喝冰啤酒。

3. 相關詞彙

　　想要知道更多食物的名稱嗎？知道了麵包叫做le pain，那蛋糕呢？「蛋糕」的法文叫做le gâteau。

單字中文意義	法語單詞	中文拼音
蛋糕	le gâteau	尬多
巧克力	le chocolat	修摳辣
冰	la glace	葛拉司
蛋	l'œuf (m.)	惡夫
米飯	le riz	力

麵條	la nouille	怒易
土司	le pain grillé	棒 嘎疊
奶油	le beurre	伯
乳酪	le fromage	佛罵句
牛排	le bifteck	必貼課
火腿	le jambon	中砰
沙拉	la salade	沙拉得
炸薯條	la frite	服役
湯	le potage	撥踏局
葡萄酒	le vin	放
果汁	le jus de fruit	居 德 夫易
汽水	le boisson gazeuse	八鬆 嘎錯司

下面還有很多調味料的名字…

單字中文意義	法語單詞	中文拼音
糖	le sucre	蘇課
鹽	le sel	謝
蕃茄醬	le katchup	喀恰
芥末醬	la moutarde	木踏得
胡椒	le poivre	罷佛

法文小老師

在飲食方面，我們除了用manger(吃), boire(喝)以外，常常會用prendre這個動詞。

prendre像英文的take，德文的nehmen一樣，除了可當「拿」、「取」這樣的意思以外，還可以當作「吃」、「服用」這樣的意思來解釋。

例:

Je prends du fromage. (我吃乳酪)

Leo prend l'eau. (雷歐喝水)

試著記下各樣常用餐具的名字…

la baguette 八給 **筷子**	la cuillère 哭裡耶 **湯匙**
le couteau 哭兜 **刀子**	la fourchette 嘎博夫雪 **叉子**
le bol 崩 **碗**	l'assiette (f.) 阿西也 **盤子**
la tasse 他色 **咖啡杯**	le verre 費 **玻璃杯**

4. 趣味測驗

試試看，依提示填入適當單字！

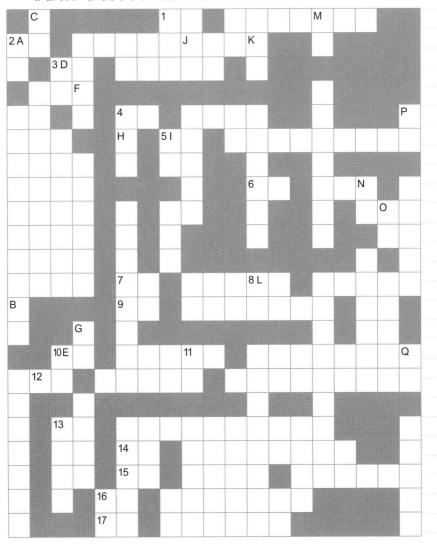

提示

橫排	直排
1. 麵條	A. 香腸
2. 巧克力	B. 乳酪
3. 食物	C. 漢堡
4. 茶	D. 魚
5. 果醬	E. 牛奶
6. 鹽	F. 火腿
7. 碗	G. 麵包
8. 冰	H. 湯匙
9. 蛋糕	I. 葡萄酒
10, 米飯	J. 咖啡杯
11. 晚餐	K. 雞肉
12. 早餐	L. 午餐
13. 叉子	M. 汽水
14. 筷子	N. 沙拉
15. 土司	O. 咖啡
16. 刀子	P. 糖
17. 胡椒	Q. 啤酒

le légume et le fruit

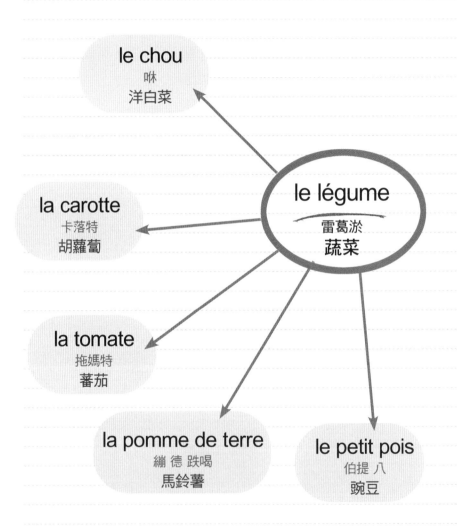

le chou
咻
洋白菜

le légume
雷葛淤
蔬菜

la carotte
卡落特
胡蘿蔔

la tomate
拖媽特
蕃茄

la pomme de terre
繃 德 跌喝
馬鈴薯

le petit pois
伯提 八
豌豆

1. 對於蔬果的聯想

我們常吃的蔬菜(le légume)…

有洋白菜(le chou)、胡蘿蔔(la carotte)、蕃茄 (la tomate)、馬鈴薯(la pomme de terre)以及 豌豆(le petit pois)。

我們常買的水果(le fruit)…

包括蘋果(la pomme)、甜橙(l'orange)、香 蕉(la banane)、草莓(la fraise)還有西瓜(la pastèque)。

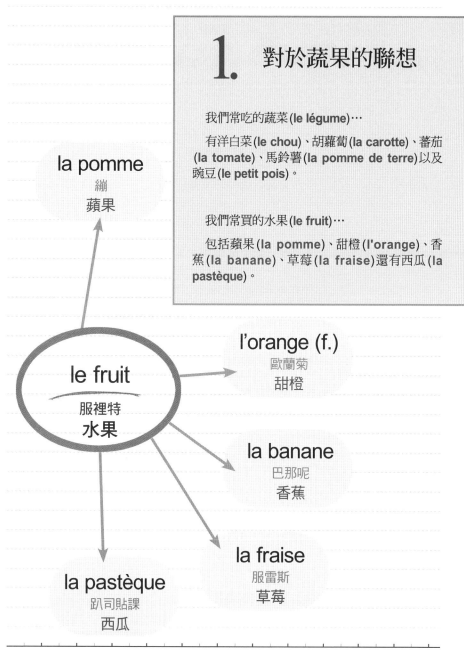

la pomme
繃
蘋果

le fruit
服裡特
水果

l'orange (f.)
歐蘭菊
甜橙

la banane
巴那呢
香蕉

la fraise
服雷斯
草莓

la pastèque
趴司貼課
西瓜

2. 單字中文意義及例句

以下是和各種蔬菜、水果相關單字的中文意思。

單字中文意義	例句
le légume 雷葛淤 **蔬菜**	Je n'aime pas les légumes. 著 年 八 列 雷葛淤 我不喜歡蔬菜。
le chou 咻 **洋白菜**	Le chou est l'ingrédient principal de ce plat. 勒 咻 ㄟ 朗歸低恩 批西罷 德 色 撲辣 洋白菜是這道菜的主要材料。
la carotte 卡落特 **胡蘿蔔**	Il ne reste que du jus de carotte dans le frigidaire. 依 勒 累斯特 科 揪 德 卡落特 東 勒 飛機貼 冰箱裡只剩下胡蘿蔔汁了。
la tomate 拖媽特 **蕃茄**	J'aimerais une salade de tomates. 結膜列 淤 沙拉得 得 拖媽特 我要吃蕃茄沙拉。
la pomme de terre 繃 德 跌喝 **馬鈴薯**	Je veux acheter des pommes de terre. 著 佛惡 阿雪貼 跌 繃 德 跌喝 我想要買馬鈴薯。
le petit pois 伯提 八 **豌豆**	Le petit pois est tombé par terre. 勒 伯提 八 ㄟ 通被 八 跌喝 豌豆掉到地上了。
le fruit 服裡特 **水果**	Tu préfères quel fruit? 度 瞥非累 傑 服裡特 你喜歡什麼水果？
la pomme 繃 **蘋果**	Il a acheté une tarte aux pommes. 依 拉 阿雪貼 淤 塔 凹 繃 他買了一個蘋果派。

l'orange (f.) 歐蘭菊 **甜橙**	Il y a aussi beaucoup de vitamines dans l'orange. 依 理 亞 撥苦 德 維他命 東 羅蘭菊 在橘子裡也有很多維他命。
la banane 巴那呢 **香蕉**	J'ai mangé une banane aujourd'hui. 接 蒙傑 淤 巴那呢 凹著低 我今天吃了一根香蕉。
la fraise 服雷斯 **草莓**	Des fraises sont disposées sur la table. 跌 服雷斯 鬆 低司破些 蘇 拉 踏伯勒 餐桌上擺著草莓。
la pastèque 趴司貼課 **西瓜**	Quelle pastèque est la plus sucrée? 接樂 趴司貼課 ㄟ 拉 批魯 蘇潰 哪一個西瓜比較甜？

3. 相關詞彙

　　想要知道更多和蔬果相關的單字嗎？下表中，我們收錄了更多在此範疇的單字。

單字中文意義	法語單詞	中文拼音
菠菜	l'épinards (m.)	ㄟ皮那得
洋蔥	l'oignon (m.)	歐你翁
菜豆	l'haricot (m.)	阿裡扣
萵苣	la laitue	雷禿淤
黃瓜	le concombre	空空博
芒果	la mangue	忙課
椰子	la noix de coco	弩挖 德 扣扣
梨子	la poire	怕
甜瓜	le melon	每龍

除了知道各種水果以外，再來學學和水果相關的形容詞…

單字中文意義	法語單詞	中文拼音
成熟的	mûr (adj.)	瞇淤
甜的	sucré (adj.)	蘇潰
多汁的	juteux (adj.)	揪特
美味的	délicieux (adj.)	敵力雪
新鮮的	frais (adj.)	福雷
乾的、不甜的	sec (adj.)	謝
熟過頭的	trop mûr (adj.)	拖瞇淤
腐爛的	pourri (adj.)	撲裡

4. 相關片語及重要表現法

　　我們介紹了不少和水果相關的形容詞。現在我們知道，如果要形容一個水果是成熟的，我們可以用mûr(成熟)這個形容詞。

　　例如：

　C'est une banane mûre.

　(這是一根成熟的香蕉。)

　　不過，如果我們要說這香蕉沒熟的話，我們應該用什麼形容詞來表現呢？

　　香蕉沒熟，就還是綠色的。所以在這情況下，我們可以用vert(綠色)這個形容詞來形容。

　　例如：

　C'est une banane verte.

　(這根香蕉還沒成熟。)

5. 趣味測驗

試試看，將缺少的字母填入！

1.　芒果　　　la m ＿ ＿ ＿ u e

2.　香蕉　　　＿ ＿ ＿ ＿ a n e

3.　胡蘿蔔　　la c a ＿ ＿ ＿ ＿ e

4.　蘋果　　　＿ ＿ ＿ ＿ m e

5.　西瓜　　　la p a ＿ ＿ ＿ q ＿ ＿

6.　蔬菜　　　le l ＿ ＿ u ＿ ＿

7.　洋蔥　　　l' ＿ ＿ ＿ ＿ o n

8.　蕃茄　　　＿ t o ＿ ＿ ＿ e

9.　水果　　　le ＿ ＿ ＿ i t

10.　草莓　　　le f ＿ ＿ i ＿ ＿

le vêtement

le manteau
慢頭
大衣

le blouson
不魯鬆
夾克

le complet
恐配
整套男西服

le vêtement
威ㄓ蒙
衣服

le pullover
撲歐佛
套頭毛衣

la robe
蘿蔔
連衣裙

la chemise
薛蜜斯
襯衫

le pantalon
碰達龍
褲子

le jean
金
牛仔褲

1. 對於衣著的聯想

從上衣開始記憶和衣服(le vêtement)有關的單字，由外到內分別是…

大衣(le manteau)、夾克(le blouson)、整套男西服(le complet)、套頭毛衣(le pullover)、連衣裙(la robe)及襯衫(la chemise)。

下半身我們會穿…

褲子(le pantalon)、牛仔褲(le jean)、裙子(la jupe)及鞋子(la chaussure)

其他在特殊場合穿著的衣服包括雨衣(l'imperméable)、游泳衣(le maillot de bain)及睡衣(le pyjama)。

la jupe
揪撲
裙子

la chaussure
消序喝
鞋子

l'imperméable (m.)
阿陪每阿伯勒
雨衣

le maillot de bain
馬幽 德 辦
游泳衣

le pyjama
披家馬
睡衣

2. 單字中文意義及例句

讓我們來看看和服裝有關單字的中文意思及用其所造出的例句。

單字中文意義	例句
le vêtement 威ㄊ蒙 **衣服**	Ce vêtement est à la fois joli et bon marché. 色 威ㄊ蒙 ㄟ 阿 拉 發 捉力 ㄟ 崩 馬靴 這衣服又便宜又好看。
le manteau 慢頭 **大衣**	Je porte un manteau parce qu'il fait trop froid. 著 撥特 骯 慢頭 八司 器 非 拖 法 因為太冷所以我穿了大衣。
le blouson 不魯鬆 **夾克**	Ce blouson m'a coûté 80 Euros. 色 不魯鬆 馬 哭貼 家特握 歐羅 這件夾克花了我80歐元。
le complet 恐配 **整套男西服**	Est-ce que tu peux me donner ce complet? ㄟ斯 課 度 波恐 磨 東鎳 色 恐配 你可以給我這套西裝嗎？
le pullover 撲歐佛 **套頭毛衣**	Ma grand-mère m'a tricoté un pullover. 馬 國 妹喝 媽 提閣貼 骯 撲歐佛 奶奶織了一件毛衣給我。
la robe 蘿蔔 **連衣裙**	Cette robe est belle. 些特 蘿蔔 ㄟ 推 被勒 這件連衣裙好漂亮。
la chemise 薛蜜斯 **襯衫**	C'est devenu à la mode de porter des chemises récemment. 些 得威努 阿 拉 莫得 德 波貼 跌 薛蜜斯 雷色蒙 最近流行穿襯衫。
le pantalon 碰達龍 **褲子**	Du chewing-gum s'est collé sur le pantalon. 嘟 蚯蚓 剛 些 摳雷 蘇 勒 碰達龍 口香糖黏在褲子上了。
le jean 金 **牛仔褲**	Le jean est sale. 勒 金 ㄟ 殺 牛仔褲髒了。
la jupe 揪撲 **裙子**	Il y a un trou dans ma jupe. 依 理 阿 禿 東 馬 揪撲 我的裙子有一個破洞。

la chaussure 消序喝 **鞋子**	Je possède deux paires de chaussures. 著 批些 德 配 德 消序喝 **我有兩雙鞋子。**
l'imperméable (m.) 阿陪每阿伯勒 **雨衣**	Mets un imperméable avant de sortir! 妹 喪 航 那每阿伯勒 阿翁 德 所踢 **出門前穿件雨衣！**
le maillot de bain 馬幽 德 辦 **游泳衣**	Je te rendrai le maillot de bain en juin. 著 德 轟跌 勒 馬幽 德 辦 翁 豬汪 **我六月還你游泳衣。**
le pyjama 披家馬 **睡衣**	C'est confortable de porter le pyjama. 些 空風大不勒 德 波貼 勒 披家馬 **穿睡衣很舒服。**

3. 相關詞彙

　　除了各種衣著的名稱，這個單元裡面我們還收錄了相關的法語單字。

單字中文意義	法語單詞	中文拼音
拉鍊	la fermeture éclair	費每兔 ㄟ課雷
鈕釦	le bouton	不通
領子	le col	空
袖子	la manche	慢需
內衣	le sous-vêtement	蘇 威ㄊ蒙
胸罩	le soutien-gorge	蘇提厭 國
襪子	la chaussette	修謝
背心	le gilet	機類
女上裝	le chemisier	些密洗耶

特別注意

■ la chaussette(襪子)一般會以複數型出現: les chaussettes(一雙襪子)。

還要注意的是la chaussette(襪子)和le chaussure(鞋子)的拼法很像，不要搞混了！

■ le chemisier (女上裝)和la chemise(襯衫)除了拼法很像要注意外，le chemisier (女上裝)的詞性是陽性，而la chemise(襯衫)的詞性是陰性。

除了各種衣服以外，還有在穿衣時會搭配的配件。

單字中文意義	法語單詞	中文拼音
眼鏡	les lunettes (pl.)	率鎳特
戒指	la bague	罷格
圍巾	l'écharpe (f.)	ㄟ下普
手套	le gant	剛
帽子	le chapeau	下坡
領帶	la cravate	喀襪特
腰帶	la ceinture	抗兔
項鍊	le collier	闊裡耶

特別注意

■ le gant(手套)一般會以複數型出現: les gants(一雙手套)。

下面有不少和衣服相關的形容詞。用這些單字來形容自己和朋友的衣服吧。

單字中文意義	法語單詞	中文拼音
時髦的	chic (adj.)	序克
醜的	moche (adj.)	莫需
貴的	cher (adj.)	血喝
便宜的	bon marché (adj.)	砰 馬靴
乾淨的	propre (adj.)	波波
髒的	sale (adj.)	殺
窄小的	étroit (adj.)	ㄟ踏
高雅的	élégant (adj.)	ㄟ列工

4. 相關片語及重要表現法

接下來介紹一些在購衣時會使用的動詞及句子。

首先是在問衣服的大小，我們會用下面兩句：

Quelle taille faites-vous?　(你穿衣的大小為幾號？)

Je fais du 40.　(我40號。)

接下來，我們會用到下面的動詞：essayer(試穿)。

像我們常會在購衣時想要試穿一下衣服，這時我們可以用下面的句型：Je voudrais essayer + 各式衣服。

例如：Je voudrais essayer le blouson.　(我想要試穿這件夾克。)

穿上以後，如果看起來還不錯的話，我們可以用下面的句型：

某某衣服 + me va bien。

如果不好看的話，我們可以用下面的句型：

某某衣服 + ne me va pas。

5. 趣味測驗

依穿在上半身或下半身的兩種可能將下表衣服分類…

A.	la jupe	K.	le complet
B.	le pantalon	L.	le jean
C.	le gant	M.	l'écharpe
D.	le blouson	N.	le collier
E.	la cravate	O.	le manteau
F.	la robe	P.	le chemisier
G.	les lunettes	Q.	la chaussure
H.	le gilet	R.	la chaussette
I.	le soutien-gorge	S.	la chemise
J.	le chapeau	T.	le pullover

穿在上半身的是	穿在下半身的是

la maison

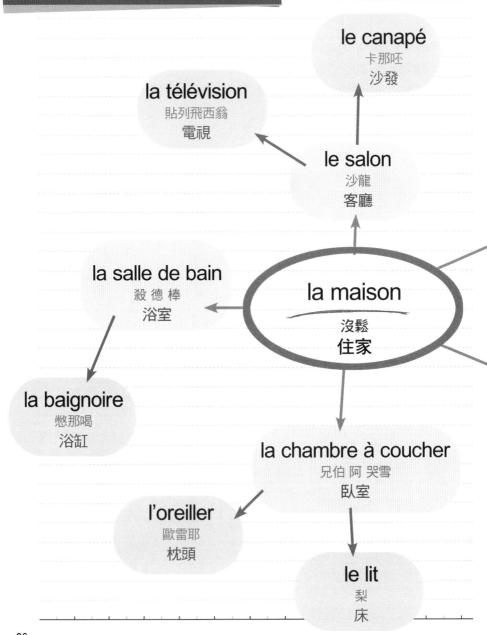

le canapé
卡那呸
沙發

la télévision
貼列飛西翁
電視

le salon
沙龍
客廳

la salle de bain
殺 德 棒
浴室

la maison
沒鬆
住家

la baignoire
憋那喝
浴缸

la chambre à coucher
兄伯 阿 哭雪
臥室

l'oreiller
歐雷耶
枕頭

le lit
梨
床

1. 對於住家的聯想

la vaisselle
威些
碗盤餐具

la salle à manger
殺 阿 蒙傑
飯廳

le couvert
枯菱
刀叉餐具

la cuisine
哭新勒
廚房

la cuisinière
哭新泥耶
爐子

le réfrigérateur
雷飛急拉拓
冰箱

對於住家(la maison)的聯想…

首先想到各個房間：客廳(le salon)、飯廳(la salle à manger)、廚房(la cuisine)、臥室(la chambre à coucher)及浴室(la salle de bain)。

在客廳裡面有電視(la télévision)還有沙發(le canapé)。

在飯廳裡面有碗盤(la vaisselle)及刀叉(le couvert)。

在廚房裡面有爐子(la cuisinière)以及冰箱(le réfrigérateur)。

在臥室裡面有床(le lit)也有枕頭(l'oreiller)。

在浴室裡面有浴缸(la baignoire)。

2. 單字中文意義及例句

住家是一個重要的概念，這些都是我們每天接觸的單字。

單字中文意義	例句
la maison 沒鬆 **住家**	La maison à côté de la nôtre a brûlé dans un incendie. 拉 沒鬆 阿 摳貼 德 拉 諾特 阿 不累 東 鬆 翁鬆低 我們隔壁家失火了。
le salon 沙龍 **客廳**	Le salon est éclairé à l'intérieur. 拉 沙龍 ㄟ ㄟ 課雷 阿 骯貼力阿 客廳裡的燈光明亮。
la salle à manger 殺 阿 蒙傑 **飯廳**	La salle à manger se trouve à côté de la cuisine. 拉 殺 阿 蒙傑 色 兔夫 阿 闊貼 德 啦 哭新能 飯廳在廚房旁邊。
la cuisine 哭新勒 **廚房**	La cuisine est à gauche de la salle de bain. 拉 哭新勒 ㄟ 阿 國需 德 拉 殺 德 辦 廚房在浴室右邊。
la chambre à coucher 兄伯 阿 哭雪 **臥室**	Il y a combien de chambres à coucher dans cet immeuble? 依 理 亞 空必央 德 兄伯 阿 哭雪 東 些東磨伯勒 這房子裡有幾間臥室？
la salle de bain 殺 德 棒 **浴室**	Veuillez ôter vos chaussures avant d'entrer dans la salle de bain. 佛類 歐貼 夫 修謝 阿鳳 東貼 東 拉 殺 德 棒 進浴室之前請脫鞋。
la télévision 貼列飛西翁 **電視**	J'ai deux télévisions à la maison. 接 德 貼列飛西翁 阿 拉 每鬆 我家有兩台電視。
le canapé 卡那呸 **沙發**	Ce canapé est confortable. 色 卡那呸 ㄟ 空風塔不勒 這張沙發很舒服。
la vaisselle 威些 **碗盤餐具**	Maman est en train de laver la vaisselle. 媽蒙 ㄟ 翁 探 德 拉威 啦 威些 媽媽在洗碗。

le couvert 枯萎 **刀叉餐具**	Veuillez déposer le couvert sur la table! 佛裡耶 低波些 勒 枯萎 蘇 拉 踏不勒 **請您擺放刀叉餐具！**
la cuisinière 哭新泥耶 **爐子**	Ma cuisinière a encore des problèmes. 媽 哭新泥耶 阿 翁課 跌 婆不練 **我的爐子又壞了。**
le réfrigérateur 雷飛急拉拓 **冰箱**	Le réfrigérateur est très lourd. 勒 雷飛急拉拓 恩 推 路 **冰箱很重。**
le lit 梨 **床**	Vous avez besoin de combien de lits? 無 殺威 伯斯望 得 空逼央 德 梨 **您們需要幾張床？**
l'oreiller 歐雷耶 **枕頭**	Lequel de ces oreillers est le tien? 勒給 德 些 歐雷耶 ㄟ 勒 踢煙 **你的枕頭是哪一個？**
la baignoire 憋那喝 **浴缸**	La baignoire est mouillée. 拉 憋那喝 ㄟ 莫裡耶 **澡盆是濕的。**

特別注意

■ la télévision(電視)也可以簡寫成la télé。

■ la vaisselle及le couvert都是餐具的意思，不過la vaisselle是指碗盤餐具；而le couvert指的是刀叉餐具。

3. 相關詞彙

想要知道更多和住家相關的單字嗎？我們常用的微波爐用法文來說是le four à micro-ondes。

單字中文意義	法語單詞	中文拼音
房間	la chambre	尚伯
陽台	le balcon	拔空

廁所	la toilette	拖挖累特
花園	le jardin	家疼
家具	le meuble	摸博
微波爐	le four à micro-ondes	佛 阿 米可骯得

法文小老師

la salle (房間)可以和不同的字，合成出許多常用字。
像：
和bain(洗澡)合併，變成la salle de bains(浴室)；
和manger(吃)合併，變成la salle à manger(飯廳)；
和eau(水)合併，變成la salle d'eau (盥洗室)。

現在，你還可以用法文說出各式各樣的房子…

單字中文意義	法語單詞	中文拼音
摩天大樓	le gratte-ciel	格拉西耶
高樓	l'immeuble (m.)	鬆末搏
旅館	l'hôtel (m.)	歐貼
別墅	la villa	威拉
宿舍	le foyer	花爺
小屋	la maisonnette	美送鎳

4. 相關片語及重要表現法

接下來介紹樓層的說法…

法語的樓層說法和漢語不同：

le premier étage在直接翻譯的語意上是第一層樓，不過，這是指我們的二樓。

法語的一樓是le rez-de-chaussée。

最後介紹和出租房間相關的單字

單字中文意義	法語單詞	中文拼音
租用、出租	louer(v.)	嚕ㄟ
租金	le loyer	辣ㄟ
房客	le locataire	羅卡貼喝
房東	le propriétaire	婆闊耶貼喝

5. 趣味測驗

請將本單元學到的單字圈出！

					L	A		V	A	I	S	S	E	L	L	E
					L								E			
L			L	L	A		M	A	I	S	O	N				
A			E				L					J	L			
			V				E					A	E			
S			C		I							R				
A		L	O		L			R				D	L			
L	E	M	E	U	B	L	E		T	É	L	É	V	I	S	I	O	N
O			V		A			F				N	Y			
N		L	E		P	R	O	P	R	I	É	T	A	I	R	E
		O	R	L	E		L	I	T		L	O	U	E	R	
		C	T				G								
	L	A		C	A	N	A	P	É							
		T					R									
L	E	B	A	L	C	O	N		L	A	C	U	I	S	I	N	E
		I			L	A		T	O	I	L	E	T	T	E	
		R			E											
		E		L	A	C	U	I	S	I	N	I	È	R	E	
	L	A	B	A	I	G	N	O	I	R	E					

le salon

MP3-16

1. 對於客廳的聯想

繼上單元的電視和沙發，在這單元裡，我們繼續介紹更多和客廳相關的家具…

在客廳裡會有電話(le téléphone)、鐘(l'horloge)、小沙發(le fauteuil)、

燈(la lampe)、地毯(le tapis)、架子(l'étagère)、櫥櫃(l'armoire)及鏡子(le miroir)

提到le téléphone，可以記下打電話(téléphoner)這個動詞。

想到l'horloge，就想到戴在手上的手錶(le montre)。

除了le fauteuil，我們還可以坐在長椅(le banc)上。

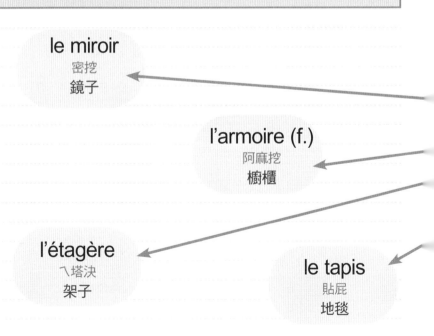

le miroir
密挖
鏡子

l'armoire (f.)
阿麻挖
櫥櫃

l'étagère
ㄟ塔決
架子

le tapis
貼屁
地毯

téléphoner (v.)
貼列風鎳
打電話

le montre
蒙特
手錶

le téléphone
貼勒鳳
電話

l'horloge
窩落格
鐘

le salon
沙龍
客廳

le fauteuil
佛貼爾
扶手椅

la lampe
郎婆
燈

le banc
繃課
長椅

2.單字中文意義及例句

客廳裡面有什麼樣的擺設呢？讓我們來看看…

單字中文意義	例句
le téléphone 貼勒鳳 **電話**	Ce téléphone est public. 色 貼勒鳳 ㄟ 瞥不理課 這電話是公用的。
l'horloge 窩落格 **鐘**	Il faut accrocher l'horloge où? 依 佛 阿閣血 落落格 屋 要把時鐘掛在哪裡？
le fauteuil 佛貼爾 **扶手椅**	Je suis derrière le fauteuil. 著 思維 跌逆耶 勒 佛貼爾 我在扶手椅的後面。
la lampe 郎婆 **燈**	Qui a cassé la lampe? 機 阿 嘎些 拉 郎婆 誰把電燈打破了？
le tapis 貼屁 **地毯**	Je veux acheter un tapis. 著 喔 阿雪貼 骯 貼屁 我想要買地毯。
l'étagère ㄟ 塔決 **架子**	Où vend-on de grandes étagères? 屋 奉 東 德 國 些塔決 哪裡有賣高的架子？
l'armoire (f.) 阿麻挖 **櫥櫃**	Notre armoire a été volée. 諾特 阿麻挖 阿 ㄟ 跌 窩列 家裡的櫥櫃被偷了。
le miroir 密挖 **鏡子**	Ce miroir est cassé. 色 密挖 ㄟ 嘎些 這面鏡子破掉了。

téléphoner (v.) 貼列風鎳 **打電話**	Il est en train de téléphoner à un ami. 依 列 翁 團 德 貼列風鎳 阿 骯 哪米 他正打電話給朋友。
le montre 蒙特 **手錶**	Qui t'a offert cette montre? 機 打 歐佛 謝特 蒙特 誰送你這手錶?
le banc 繃課 **長椅**	Papa est en train de faire un barbecue à côté du banc. 趴趴 ㄟ 翁 團 法 費 骯 八必摳 阿 闊貼 度 繃課 爸爸在長椅旁烤肉。

法文小老師

■ 上單元我們介紹了沙發(canapé)，而這個單元我們介紹了扶手椅(fauteuil)。

用法文來造句的時候，坐在沙發和坐在扶手椅會用不同的介系詞。

坐在沙發時用sur；坐在扶手椅時，因為有被扶手包起來、坐在椅子中的感覺，所以用介系詞dans。

例如：

Il est sur le canapé.

(他坐在沙發上。)

Il est dans un fauteuil.

(他坐在扶手椅上。)

3. 相關詞彙

　　想像你在客廳裡，客廳的窗戶、門、牆壁…這些事物，你會用法文說出來嗎？。

單字中文意義	法語單詞	中文拼音
窗戶	la fenêtre	非鎳特
門	la porte	破特
地板	le plancher	破浪雪
屋頂	le toit	踏
牆壁	le mur	慕
壁爐、煙囪	la cheminée	薛密鎳
鑰匙	la clé	課雷
百葉窗	le store vénitien	司拓 非逆替央

特別注意

■ le mur(牆壁)和mûr(成熟的)拼法很像，請注意□

■ le store vénitien(百葉窗)通常以複數的形式出現les stores vénitiens。

法文小老師

這個單元我們介紹打電話可以用téléphoner這個動詞。

除此之外，打電話也可以用appeler這個動詞。

例如：

Je voudrais téléphoner à Sophie. (我想打電話給蘇非。)

Je voudrais appeler une autre chambre.(我想打電話給其他房間。)

4. 趣味測驗

試試看，告訴我們，這客廳裡有什麼家具？

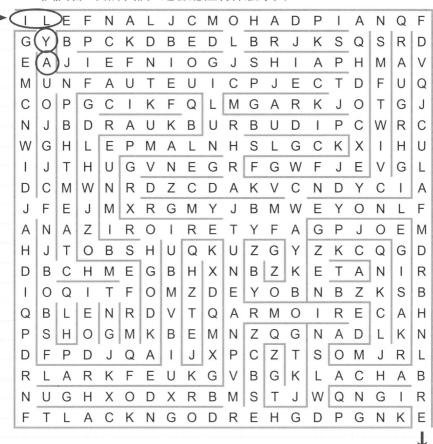

Il y a...

_____

dans la chambre。

le trafic

MP3-17

1. 對於交通的聯想

對於交通(le trafic)的聯想…

以陸海空的順序，聯想相關的交通工具。

在陸地上的交通工具有腳踏車(la bicyclette)、機車(la moto)、汽車(la voiture)、計程車(le taxi)、吉普車(la jeep)、救護車(l'ambulance)、公車(l'autobus)、卡車(le camion)以及火車(le train)。

在海上的交通工具有船(le bateau)

在空中的交通工具有飛機(l'avion)與直升機(l'hélicoptère)。

l'hélicoptère (m.)
些列閣撇貼爾
直升機

l'avion (m.)
阿非翁
飛機

le bateau
八拓
船

le train
燙
火車

le camion
卡米翁
卡車

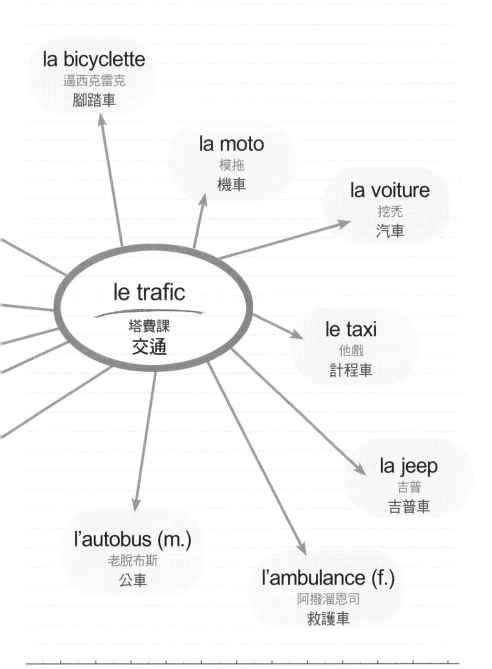

la bicyclette
逼西克雷克
腳踏車

la moto
模拖
機車

la voiture
挖禿
汽車

le trafic
塔費課
交通

le taxi
他戲
計程車

la jeep
吉普
吉普車

l'autobus (m.)
老脫布斯
公車

l'ambulance (f.)
阿撥溜恩司
救護車

2. 單字中文意義及例句

讓我們來學學和交通有關單字的中文意思及用其所造出的例句。

單字中文意義	例句
le trafic 塔費課 **交通**	Le trafic est mauvais ici. 勒 塔費課 ㄟ 磨為 依稀 這裡的交通很不方便。
la bicyclette 逼西克雷克 **腳踏車**	Elle va parfois au travail à bicyclette. ㄟ兒 瓦 八罰 凹 他外 阿 逼西克雷克 她有時騎腳踏車上班。
la moto 模拖 **機車**	Il gare la moto dans le garage. 依 尬 拉 模拖 東勒 嘎辣及 他把機車停在停車場。
la voiture 挖禿 **汽車**	La voiture est partie il y a deux minutes auparavant. 拉 挖禿 ㄟ 八替 依 理 亞 法 瞇虐 凹怕搭翁 車子兩分鐘前才開走。
le taxi 他戲 **計程車**	C'est plus pratique de prendre un taxi. 些 批淤 趴替 得法 碰得 航 他戲 坐計程車比較方便。
la jeep 吉普 **吉普車**	On peut garer la jeep ici. 翁碰 嘎壘 拉 吉普 依稀 我們可以把吉普車停在這裡。
l'ambulance (f.) 阿撥溜恩司 **救護車**	Il y a une ambulance dans la rue. 依 理 亞 淤 藍撥溜恩司 東 拉 盧欲 馬路上有一輛救護車。
l'autobus (m.) 凹脫布斯 **公車**	À quelle heure arrive le prochain autobus. 阿 給 勒 阿西威 勒 婆宣 凹脫布斯 下班公車何時來？
le camion 卡米翁 **卡車**	J'ai besoin de trois camions pour le déménagement. 傑 伯斯望 德 塔 卡米翁 撲 勒 跌孟菊蒙 我搬家需要三輛卡車。
le train 燙 **火車**	Je prends le train pour aller au bureau. 著 碰 勒 燙 舖 阿雷 凹 逼若 我搭火車上班。

le bateau 八拓 船	Comment doit-on prendre le bateau pour aller en mer? 空夢 達 東 碰得 勒 八拓 撲 阿雷 翁 妹喝 應該如何搭船過海？
l'avion (m.) 阿非翁 飛機	Il n'a pas attrapé son avion à temps. 依 哪 八 阿踏呸 鬆 拿非翁 阿 通 他沒趕上那架飛機。
l'hélicoptère (m.) ㄟ列闊撤貼爾 直升機	C'est un hélicoptère privé. 些 東 ㄟ列闊撤貼爾 批威 這是私人的直升機。

3. 相關詞彙

想要知道更多和交通相關的單字嗎？請看下面的表格…

單字中文意義	法語單詞	中文拼音
街道	la rue	率
道路	le chemin	雪慢
人行道	le trorroir	拖辣
高速公路	l'autoroute (f.)	凹拖路
交叉路口	le carrefour	卡爾夫
橋樑	le pont	波
停車處	le parc	趴
公車站牌	l'arrêt d'autobus	阿雷 到拖不
加油站	la station-service	司達係翁 色威斯
火車站	la gare	尬喝
月台	le quai	給
駕照	le permis de conduire	撒密司 德 拱度
跑車	la voiture de course	挖兔 德 庫斯
三輪車	le tricycle	吹西摳
安全帽	le casque de moto	尬司科 德 磨拖

以下還有一些和汽車相關的字彙…

單字中文意義	法語單詞	中文拼音
駕駛座	la place du conducteur	啪啦司 嘟 恐度特
前座	le siège de passager	西ㄟ居 德 趴喪者
後座	le siège arrière	西ㄟ居 阿裡耶
方向盤	le volant	握龍
煞車	le frein	方
安全帶	la ceinture de sécurité	喪度 德 色哭樂替
後照鏡	le rétroviseur	雷圖威色
擋風玻璃	le pare-brise	怕 必司
雨刷	l'essuie-glace (f.)	ㄟ需 尬拉司
輪胎	le pneu	婆冷

特別注意

■ l'essuie-glace(雨刷)通常會是成雙成對的，所以常以複數型les essuie-glaces出現。

4. 相關片語及重要表現法

　　學了那麼多的交通工具，現在要介紹一個可以和這些交通工具配合著一起用的動詞：prendre

　　prendre這個動詞除了像在11單元裡面介紹的一樣，可以做「拿」、「取」、「服用」的意思以外，還可以用在交通方面，這時的prendre代表「用什麼交通工具前往」的意思。

　　例：

　　Il prend le métro. (他搭捷運。)

　　Elle prend le bus. (她搭公車。)

　　Barbara prend l'avion. (芭芭拉搭飛機。)

　　Monsieur Li prend le train. (李先生搭火車。)

La femme prend le TGV. (那女士搭高速火車。)

另外，要表現坐什麼交通工具到某地，我們也可以用下面兩種句型：

a) aller en + 交通工具

b) aller à + 交通工具

如果人是在交通工具裡面，像坐車、坐火車用介系詞en；

如果人是在交通工具外面，像騎腳踏車、騎機車，或步行用介系詞à。

例如：

Elle va au restaurant en voiture.　(她開車去餐廳。)

Thomas va à l'école à vélo.　(Thomas騎腳踏車去上學。)

5. 趣味測驗

試試看，將缺少的字母填入！

1.　飛機　　　l' _ _ _ o n

2.　救護車　　l' _ _ _ _ l a n c e

3.　公車站牌　l' a r _ _ _ _ d' _ _ _ _ _ _ u s

4.　腳踏車　　l a _ _ _ _ _ c l _ _ _ _ e

5.　方向盤　　l e _ _ _ _ _ n t

6.　加油站　　l a s t a t i o n - _ _ _ _ _ _ c e

7.　駕照　　　l e _ _ _ _ _ _ _ _ d e c o n d u i r e

8.　直升機　　l' h _ _ _ _ c o _ _ _ _ r e

9.　公車　　　l' _ _ _ _ _ _ _ s

10.　汽車　　　l a _ _ _ _ _ _ r e

les salutations

MP3-18

Excusez-moi.
依克斯摳淤司謝 馬
抱歉。

Ce n'est pas grave.
捨 碾 八 嘎夫
沒關係。

Merci!
梅西
謝謝！

De rien.
德 西演
不客氣。

Ça va?
殺瓦
您好嗎？

Ça va bien.
殺 瓦 逼央
我很好。

Salut!
殺魯
哈囉！

Au revoir.
凹 喝瓦
再見。

Bonjour!
崩竹
日安！/ 你好！

Bonjour!
崩竹
早安！

Bonsoir!
崩師瓦
晚上好！

les salutations (pl.)
殺戮他西翁
打招呼

Bonne nuit!
崩呢欲
(睡前的)晚安！

1. 對於打招呼用語的聯想

提到基本的歡迎及打招呼用語 (les salutations) 就想到…早安！(Bonjour!) 你好！(Bonjour!)晚上好！(Bonsoir!)及晚安！(Bonne nuit!)

除此以外，還有像…

哈囉！(Salut!) 您好嗎？(Ça va?)謝謝！(Merci!)及抱歉！(Excusez-moi)

朋友碰面的時候，互相說哈囉！(Salut!)

要和朋友分開時，互相說再見！(Au revoir)

當別人說，您好嗎？(Ça va?)我們常會回答，我很好。(Ça va bien)

當別人說，謝謝！(Merci!)我們常會回答，不客氣！(De rien)

當別人說，抱歉！(Excusez-moi)我們常會回答，沒關係！(Ce n'est pas grave)

2. 短句中文意義

這些都是我們日常生活中，每天都會用到的問候短句，十分地重要！

單字中文意義	法語短句	中文拼音
歡迎	les salutations (pl.)	殺戮他西翁
早安！	Bonjour!	崩竹
日安！/ 你好！	Bonjour!	崩竹
晚上好！	Bonsoir!	崩師瓦
(睡前的)晚安！	Bonne nuit!	崩呢欲
哈囉！	Salut!	殺魯
您好嗎？	Ça va?	殺瓦
謝謝！	Merci!	梅西
抱歉！	Excusez-moi!	依克斯摳淤司謝 馬
再見！	Au revoir!	凹 喝瓦
我很好。	Ça va bien.	殺 瓦 逼央
不客氣！	De rien!	德 西演
沒關係！	Ce n'est pas grave!	捨 碾 八 嘎夫

3. 相關詞彙

下表收錄了更多打招呼的用語。這些短語在日常生活裡也很有幫助！

單字中文意義	法語短句	中文拼音
明天見！	À demain!	阿 得慢
下次見！	À la prochaine!	阿 拉 婆宣
歡迎	Bienvenu	必揚威努
拜託！	S'il vous plaît!	西 屋 瀑雷
再見！	Salut!	殺魯
(你在說)什麼？	Comment? / Pardon?	恐夢 / 趴東
原來如此！	Ah bon!	阿 崩
好可惜！	C'est dommage!	些 東罵句
祝你玩得愉快！	Amusez-vous bien!	阿木些 屋 逼央
祝你好運！	Bonne chance!	砰 兄撕

法文小老師

■ 法文的salut和義大利文的ciao一樣，在碰面及道別時都可以用，是「哈囉」也同時有「再見」的意思。

這裡還有不少互相認識時常用的問句及回答。

單字中文意義	法語短句	中文拼音
您叫什麼名字？	Comment vous appelez-vous?	恐夢 屋 紗布雷 屋
我叫Hans。	Je m'appelle Hans .	著 碼不雷 漢斯
您是哪裡人？	Vous venez d'où?	屋 斐內 讀
我是台灣人。	Je suis taïwanais .	著 思維 台灣鎵
您住哪裡？	Vous habitez où?	屋 紗布雷 屋
我住巴黎。	J'habite à Paris .	眨 必 阿 爸離
您的職業是？	Quelle est votre profession?	給 列 窩特 婆飛兄
我是學生。	Je suis étudiant .	著 思維 ㄟ嘟敵翁
您幾歲？	Quel âge avez-vous?	給 辣局 阿威 屋
我20歲。	J'ai vingt ans.	傑 旺 冬

4. 趣味測驗

請依句意將各各句子配對。

1.	Vous habitez où?	A.	J'habite à Paris .
2.	Amusez-vous bien!	B.	Je m'appelle Anne .
3.	Comment vous appelez-vous?	C.	De rien.
4.	Excusez-moi!	D.	Bonjour!
5.	Salut!	E.	À demain.
6.	Ça va?	F.	Je suis taïwanais .
7.	Vous venez d'où?	G.	Merci!
8.	Merci!	H.	Ce n'est pas grave
9.	Bonjour!	I.	Ça va bien.
10.	À demain.	J.	Au revoir!

1.	2.	3.	4.	5.	6.	7.	8.	9.	10.

le magasin

le supermarché
蘇婆馬謝
超級市場

la pilule
批六
藥丸

le grand magasin
汞 媽嘎喪
百貨公司

la pharmacie
發馬戲
藥店

le magasin
媽嘎喪
商店

le magasin
de jouets
媽嘎喪 德 珠維
玩具

le jouet
珠維
玩具

la librairie
力臂力
書店

le théâtre
貼阿特
劇院

le menu
面努
菜單

le restaurant
雷思特紅
餐廳

l'épicier
ㄟ批西也
食品店

la boulangerie
不朗折力
麵包店

1. 對於商店的聯想

在一個城市裡有各式各樣的商店(le magasin)…

有賣各式各樣東西的百貨公司(le grand magasin)
及超級市場(le supermarché)。還有賣吃的餐廳
(le restaurant)、食品店(l'épicier)、麵包店(la
boulangerie)及肉舖(la boucherie)、販售衣服的
服飾店(le magasin de vêtements)、看電影的電
影院(le cinéma)、看戲劇的劇院(le théâtre)、我
們可以買書的書店(la librairie)、可以買到玩具的
玩具店(le magasin de jouets),以及賣藥的藥店
(la pharmacie)。

想到餐廳(le restaurant)就想到菜單(le
menu)。到電影院(le cinéma)裡可以看電影(le
film)。在玩具店(le magasin de jouets)可以買到
玩具(le jouet)。在藥店(la pharmacie)裡面在賣的
是藥(la pilule)。

la boucherie
不雪力
肉舖

le magasin
de vêtements
媽嘎喪 德 威疵蒙
服飾店

le film
粉
電影

le cinéma
西鎳碼
電影院

2. 單字中文意義及例句

　　讓我們來學學在城市裡面各種商店的名稱，下次在逛街的時候也可以試著用法文說出這些商店的名稱。

單字中文意義	例句
le magasin 媽嘎喪 **商店**	C'est un client régulier de ce magasin. 些 當 課力翁 雷估李耶 媽嘎喪 他是這家店的常客。
le grand magasin 汞 媽嘎喪 **百貨公司**	Le grand magasin fait des promotions en ce moment. 勒 汞 媽嘎喪 費 跌 婆模兄 翁色 夢夢 百貨公司現在正在大拍賣。
le supermarché 蘇婆馬謝 **超級市場**	Le supermarché se trouve ici. 勒 蘇婆馬謝 色 兔夫 依稀 超級市場在這裡。
le restaurant 雷思特紅 **餐廳**	J'ai envie de t'inviter dans un restaurant chic. 傑 翁威 得 登非貼 東 鬆 雷思特紅 細 我想請你到高級的餐廳吃飯。
l'épicier (m.) ㄟ批西也 **食品店**	Il y a un épicier là-bas. 依 理 亞 航 捏批西也 拉 八 那裡有家食品店。
la boulangerie 不朗折力 **麵包店**	J'ai envie d'aller à la boulangerie. 傑 翁威 達列 阿 拉 不朗折力 我想逛麵包店。
la boucherie 不雪力 **肉舖**	Veuillez d'abord confirmer l'endoit de la boucherie. 佛力耶 搭撥 恐非滅 翁他 得 拉 不雪力 請先確認一下肉舖的位置。
le magasin de vêtements 媽嘎喪 德 威疵蒙 **服飾店**	Je suis allée faire des achats au magasin de vêtements. 者 思維 阿雷 費 跌 殺血 凹 媽嘎喪 德 威疵蒙 我去了那家服飾店買些東西。
le cinéma 西錦碼 **電影院**	On va dans quel cinéma? 翁 挖 東 給 西錦碼 我們去哪家電影院？

le théâtre 貼阿特 劇院	Où se trouve le théâtre? 屋 色 兔 勒 貼阿特 劇院在哪兒？
la librairie 力臂力 書店	Un groupe de filles sort de la librairie. 骯 故瀑 德 費而 所 德 拉 力臂力 一群女孩從書店走出來。
le magasin de jouets 媽嘎喪 德 珠維 玩具	Il y a beaucoup de clients dans le magasin de jouets. 依 理 雅 伯哭 德 克裡翁 東 勒 媽嘎喪 德 珠維 玩具店裡有很多顧客。
la pharmacie 發馬戲 藥店	La pharmacie se trouve à droite de la boutique de fleurs. 拉 發馬戲 色 兔夫 阿 達 德 拉 不替克 德 佛勒 藥房在花店右邊。
le menu 面努 菜單	Je vous prie de m'apporter le menu. 折 福 批 德 馬破貼 勒 面努 請拿菜單給我。
le film 粉 電影	C'est un film de l'an dernier. 些 骯 粉 德 朗 跌逆業 這是去年的電影。
le jouet 珠維 玩具	Les jouets sont les cadeaux préférés des enfants. 列司 珠維 鬆 咧 嘎多 憋費雷 跌 鬆風 玩具是小孩子最喜歡收到的禮物。
la pilule 批六 藥丸	As-tu des pilules contre le mal de tête? 阿 度 跌 批六 空特 勒 馬 德 跌特 你有治頭痛的藥丸嗎？

3. 相關片語及重要表現法

在商店買東西常常會用到的句子：

物品 + coûte combien?

(物品值多少錢？)

例如：

La pomme, elle coûte combien?

(這蘋果多少錢？)

Le manteau, il coûte combien?

(這大衣多少錢？)

4. 相關詞彙

還有些和商店相關的單字…我們常去的「郵局」用法文來說是la poste。

單字中文意義	法語單詞	中文拼音
建築物	le bâtiment	八題蒙
郵局	la poste	破斯特
銀行	la banque	繃課
博物館	le musée	莫謝
工人	l'usine (f.)	屋性能
公園	le parc	怕課
動物園	le zoo	入
教堂	l'église (f.)	ㄟ葛立斯
墓地	le cimetière	西蒙貼喝
監牢	la prison	闗森
機場	l'aéroport (m.)	ㄟ羅婆
警察局	la gendarmerie	剛達魅力

MEMO 試試看，將自己在這幾單元裡面記憶的
單字再以圖像的方式描繪下來。

Vocabulaire de Français

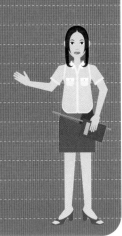

la communication

MP3-20

le téléphone
portable
貼勒鳳 波踏不勒
手機

la communication
孔慕妮卡兄
通訊

le numéro
de téléphone
努沒落 德 貼勒風
電話號碼

le téléphone
貼勒鳳
電話

l'écouteur (m.)
ㄟ哭特
話筒

le répondeur
黑碰德
答錄機

1. 對於通訊的聯想

和通訊(la communication)相關的單字主要分成兩方面…

第一部分是和電話(le téléphone)相關的單字。

其中包括了手機(le téléphone portable)、電話號碼(le numéro de téléphone)、話筒(l'écouteur)、及答錄機(le répondeur)。

另一部分是和信件(la lettre)相關的單字。

其中包括了郵差(le facteur)、郵票(le timbre)、信封(l'enveloppe)及明信片(la carte postale)。

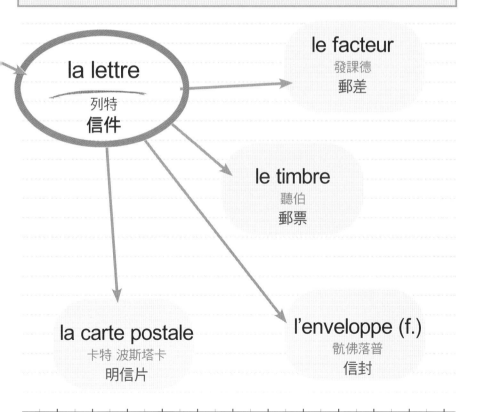

le facteur
發課德
郵差

la lettre
列特
信件

le timbre
聽伯
郵票

la carte postale
卡特 波斯塔卡
明信片

l'enveloppe (f.)
骯佛落普
信封

2. 單字中文意義及例句

讓我們來看看和通訊有關單字的中文意思及用其所造出的例句。

單字中文意義	例句
la communication 孔慕妮卡兄 **通訊**	Le prix des communications a baissé aujourd'hui. 勒 批 跌 孔慕妮卡兄 阿 憋些 凹濁低 通訊的費用下降。
le téléphone 貼勒鳳 **電話**	J'ai été réveillé par la sonnerie du téléphone. 傑 ㄟ 爹 雷會耶 八 鬆樂裡 嘟 貼勒鳳 我被電話鈴聲吵醒。
le téléphone portable 貼勒鳳 波踏不勒 **手機**	Ton téléphone portable est le même que le mien. 東 貼勒鳳 波踏不勒 ㄟ 勒 滿 克 勒 米央 你的手機和我的一樣。
le numéro de téléphone 努沒落 德 貼勒風 **電話號碼**	Quel est ton numéro de téléphone? 給 ㄟ 東 努沒落 德 貼勒風 你的電話號碼是幾號？
l'écouteur (m.) ㄟ哭特 **話筒**	L'écouteur est sale. 列哭特 ㄟ 撒勒 話筒很髒。
le répondeur 黑碰德 **答錄機**	Je ne peux pas supporter le répondeur. 著 呢 波克斯 八 蘇婆貼 勒 黑碰德 我受不了電話答錄機。
la lettre 列特 **信件**	Qui t'a envoyé cette lettre? 機 塔 翁挖耶 些特 列特 誰寄信給你？
le facteur 發課德 **郵差**	Le facteur est en retard. 勒 發課德 ㄟ 翁 喝大 郵差遲到了。

le timbre 聽伯 **郵票**	Je ne fais plus la collection des timbres. 著 呢 費 批淤 拉 科雷兄 跌 聽伯 我再也不收集郵票了。
l'enveloppe (f.) 骯佛落普 **信封**	Où est-ce qu'on peut trouver une enveloppe? 屋 ㄟ 斯 恐 婆 禿為 淤 骯佛落普 在哪兒有信封？
la carte postale 卡特 波斯塔卡 **明信片**	De jolies cartes postales. 德 珠力 卡特 波斯塔卡 好漂亮的明信片。

3. 相關詞彙

下表收錄了不少和信件、郵局相關的單字。「掛號郵件」用法文來說是l'envoi en recommandé。

單字中文意義	法語表現法	中文拼音
信箱	la boîte aux lettres	八 凹 列特
小包裹	le paquet	八潰
寄信人	l'expéditeur	ㄟ呸敵特
收信人	le destinataire	提司聽那得
掛號郵件	l'envoi en recommandé	翁挖 翁 雷卡蒙地
航空郵件	par avion	八 拉威翁
室內電話	la communication urbaine	恐密離卡西翁 屋辦勒
長途電話	la communication interurbaine	恐密離卡西翁 翁特屋辦勒
傳真機	le télécopieur	貼列考配特

4. 相關片語及重要表現法

介紹講電話常用短語

1. Je voudrais parler à Monsieur Wei.

   我想要和魏先生通話。

2. Qui est à l'appareil?

   請問您是誰？

3. Un instant, s'il vous plaît!

   請等一下！

4. Désolé, Il est sorti.

   不好意思，他剛好出去了。

5. Vous vous êtes trompé de numéro.

   您打錯電話了。

6. Je le rappellerai ce soir.

   我晚上再打電話過來。

7. Parlez plus fort!

   請您講大聲一點！

8. La ligne est occupée.

   正在佔線中。

9. Je peux lui laisser un message?

   我可以留言給他嗎？

10. Voulez-vous laisser un message?

    您要留話嗎？

5. 趣味測驗

請將打散的字母重新組合！

1. 信件 t e l e a l r t **la lettre**	6. 小包裹 t p q e l e u a
2. 手機 é t p b l e é h o l n l e o e r p t a 	7. 收件者 e s t a i e r l d n e i a t
3. 明信片 r t e t e l l p c o s a a a 	8. 答錄機 r r p d e é l o e n u
4. 郵差 u a l r c t e e f 	9. 電話 l o t n e h p l é e é
5. 郵票 e i e t b m r l 	10. 傳真機 e t e l l é é c o r p u i

le media

MP3-21

1. 對於媒體的聯想

今時今日有各種不同的媒體(le media)…

紙類的有報紙(le journal)及雜誌(la revue)。

隨著科技發達分別有收音機(la radio)、電視(la télévision)及網際網路(l'Internet)。

看報紙的人是讀者(le lecteur)。

聽收音機的人是聽眾(l'auditeur)。

看電視的人是觀眾(le spectateur)。

而上網際網路需要電腦(l'ordinateur)。

YouTube、Facebook，英文和法文都一樣，只是發音略有不同。網紅（Célébrité d'Internet）。

la télévision
貼列飛西歐
電視

le spectateur
詩背塔特
觀眾

l'auditeur (m.)
歐敵特
聽眾

la radio
拉敵歐
收音機

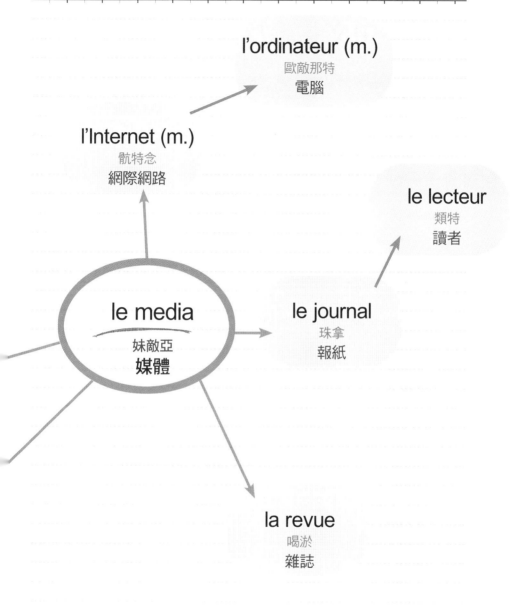

l'ordinateur (m.)
歐敵那特
電腦

l'Internet (m.)
骯特念
網際網路

le lecteur
類特
讀者

le media
妹敵亞
媒體

le journal
珠拿
報紙

la revue
喝淤
雜誌

2. 單字中文意義及例句

在這資訊爆炸的時代，和媒體相關的單字也常用到…

單字中文意義	例句
le média 妹敵亞 **媒體**	La télévision est le principal média. 拉 貼列威西翁 ㄟ 勒 拼西八 妹敵亞 電視是主要的媒體。
la radio 拉敵歐 **收音機**	J'ai perdu ma radio. 傑 撇度 媽 拉敵歐 我搞丟了我的收音機。
le journal 珠拿 **報紙**	Je lis le journal tous les jours. 著 立 勒 珠拿 禿 列 珠 我每天看報。
la revue 喝淤 **雜誌**	Mon grand-père est en train de lire la revue. 蒙 國 被喝 ㄟ 翁 燙 德 利 拉 喝淤 我祖父正在看雜誌。
la télévision 貼列飛西歐 **電視**	C'est l'émission de télévision favorite de maman. 些 練密西翁 德 貼列飛西歐 非翁利 得 媽蒙 這是媽媽最愛看的電視節目。
l'Internet (m.) 骯特念 **網際網路**	Les jeux sur Internet sont populaires de nos jours. 列 珠 蘇 骯特念 鬆 趴瀑類 德 努 珠 現在很流行網路遊戲。
l'auditeur (m.) 歐敵特 **聽眾**	Ils sont les auditeurs d'une émission. 依 鬆 列 鬆敵特 蹲 年密西翁 他們是節目的聽眾。
le lecteur 類特 **讀者**	Je suis le lecteur de journaux. 著 思維 勒 類特 德 珠挪 我是報紙讀者。
le spectateur 詩背塔特 **觀眾**	Un spectacle est vu par des spectateurs. 骯 司配塔課勒 ㄟ 偎淤 八 跌 詩背塔特 觀眾觀看演出。
l'ordinateur (m.) 歐敵那特 **電腦**	C'est l'ordinateur le plus moderne. 些 歐敵那特 勒 批魯 摩登樂 這是最新式的電腦。

3. 相關詞彙

想要知道更多和媒體相關的單字嗎？請見下表！

單字中文意義	法語單詞	中文拼音
節目	l'emission (f.)	ㄟ密西翁
新聞	le journal	珠拿
廣告	la publicité	撲不離西貼
轉播	la transmission	傳司密燻

法文小老師

le journal在法文有很多意思。其原意是「日記」、「日報」，不過在電視上的新聞報導也叫做 le journal。

除了上面的單字外，下面還有些和電腦及網際網路相關的單字：

單字中文意義	法語單詞	中文拼音
螢幕	l'écran (m.)	ㄟ康
滑鼠	la souris	蘇力
硬碟	le disquette dur	地撕課 度
印表機	l'imprimante (f.)	骯陪蒙
網頁	le site	細
電子郵件	le courrier électronique	哭裡業 ㄟ列通你課
電子郵件地址	l'addresse électronique	阿對司 ㄟ列通你課
下載	télécharger (v.)	貼列恰決

4. 相關片語及重要表現法

介紹和電視有關的三個動詞片語。

a) allumer la télévision (打開電視)

b) regarder la télévison (看電視)

c) éteindre la télévision (關電視)

例如：

Il allume la télévion.

(他打開電視。)

Il regard la télévision.

(他看電視。)

Il éteint la télévision.

(他關電視。)

5. 趣味測驗

您能從入口走到出口嗎？走完之後你可以知道這個男人下班後在做什麼事嗎？請把答案寫在下面空格。

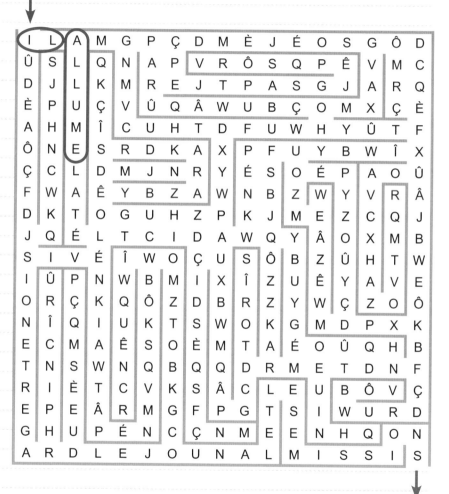

Il allume ...

Vocabulaire de Français

第三部份

第三部分 大千世界
Partie 3 L'univers

21. 大自然
la nature

MP3-22

1. 對於大自然的聯想

記憶與大自然(la nature) 有關的單字時，可以把所有的單字歸成四類：

屬於天空(le ciel) 的、屬於海洋(la mer) 的、屬於山脈(la montagne) 的，還有屬於平原(la plaine) 的。

屬於天空(le ciel) 的包括了太陽(le soleil)、月亮(la lune)及星星(l'étoile)。

海洋除了用 la mer 以外，還可以用 l'océan 表現。

屬於山脈(la montagne) 這個範疇的單字包括了山谷(la vallée)。

屬於平原(la plaine) 這個範疇的包括了花(la fleur) 與樹(l'arbre)。

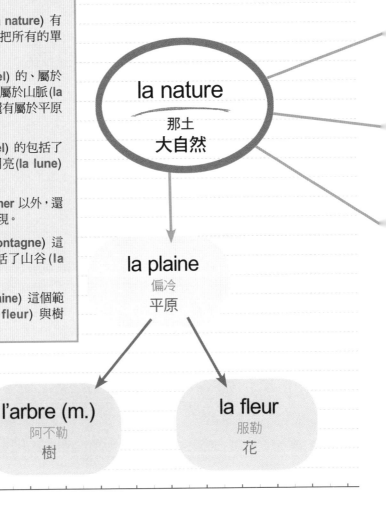

la nature
那土
大自然

la plaine
偏冷
平原

l'arbre (m.)
阿不勒
樹

la fleur
服勒
花

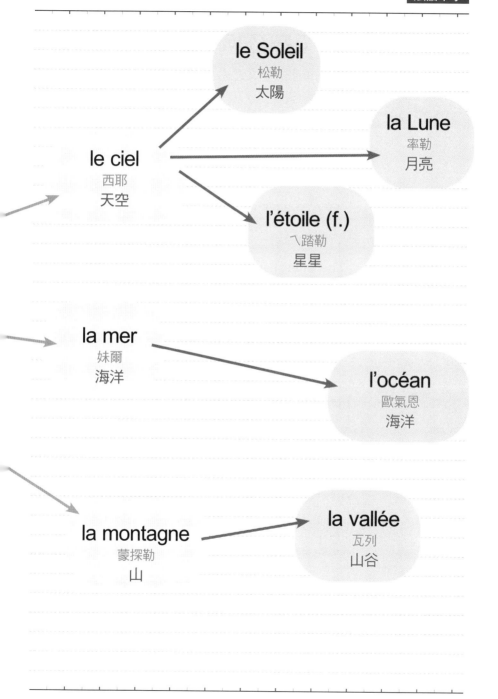

le Soleil
松勒
太陽

la Lune
率勒
月亮

le ciel
西耶
天空

l'étoile (f.)
ㄟ踏勒
星星

la mer
妹爾
海洋

l'océan
歐氣恩
海洋

la montagne
蒙探勒
山

la vallée
瓦列
山谷

2. 單字中文意義及例句

以下是和大自然相關單字的中文意思及用其所造出的例句。

單字中文意義	例句
la nature 那土 **大自然**	Ma femme n'aime pas les villes, elle préfère la nature. 媽 發碼 捏 八 列 非樂 ㄟ兒 剖費勒 拉 那土 我太太不喜歡城市，她喜歡大自然。
le ciel 西耶 **天空**	Il y a un arc-en-ciel. 依 理 雅 骯 那 空 西耶 天空有彩虹。
la mer 妹爾 **海洋**	La mer est haute aujourd'hui. 拉 妹爾 ㄟ 轟 今天是漲潮。
la montagne 蒙探勒 **山**	L'air de la montagne est bon. 列 德 拉 蒙探勒 ㄟ 繃 山上的空氣很好。
la plaine 偏冷 **平原**	Entre la montagne et la plaine, je préfère la plaine. 翁特 拉 蒙恬勒 ㄟ 拉 偏冷 著 瞥費 拉 偏冷 山和平原比，我比較喜歡平原。
le soleil 松勒 **太陽**	La terre toune autour du soleil. 拉 貼勒 吐勒 凹凸 度 松勒 地球繞著太陽自轉。
la lune 率勒 **月亮**	La lune est très ronde ce soir. 拉 率勒 ㄟ 推 龍 色 絲襪 今晚月亮很圓。
l'étoile (f.) ㄟ踏勒 **星星**	Il y a beaucoup d'étoiles dans le ciel ce soir. 依 理 雅 撥庫 跌踏勒 東 勒 西耶 色 絲襪 今晚的天空有很多星星。

l'océan 歐氣恩 **海洋**	Tu aimes l'océan? 度 安每 羅氣恩 你愛海洋嗎？
la vallée 瓦列 **山谷**	Le paysage de la vallée est très beau. 勒 背殺句 德 拉 瓦列 ㄟ 推 撥 山谷的風景很美。
la fleur 服勒 **花**	Quel est ce type de fleur? 給 列 色 踢 德 服勒 這是一朵什麼樣的花？
l'arbre (m.) 阿不勒 **樹**	Il y a des arbres autour du village. 依 理 雅 跌 撒不勒 凹凸 度 威蠟炬 樹木圍繞著村落。

3. 相關詞彙

下表還有更多和大自然相關的單字。

單字中文意義	法語單詞	中文拼音
空氣	l'air	ㄟ兒
氣候	le temps	痛
地球	la terre	貼而
河	la rivière	力斐業
島嶼	l'île (f.)	亦而
森林	le bois	八
小溪	le ruisseau	李色
彩虹	l'arc-en-ciel (m.)	拉 空 西業
沙漠	le désert	跌色

4. 趣味測驗

試試看，將本單元學到的單字圈出來！

							L			L	
							A			A	
							N			L	
			L	E	V	A	L			U	
		L	A	M	O	N	T	A	G	N	E
		L	E		C	I	E	L	U	E	
	L		L	A		M	E	R	P		
L	E	R	I	V	I	È	R	E	L		
E		U							A		
	S	I		L	E		B	O	I	S	
M	O	S							N		
O	L	S	L	E		D	É	S	E	R	T
N	E	L	E		T	E	R	R	E		
T	I	L	A		F	L	E	U	R		
	L		U	L	E		T	E	M	P	S

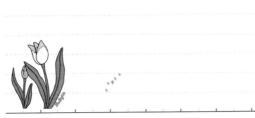

MEMO 試試看，將自己在這幾單元裡面記憶的
單字再以圖像的方式描繪下來。

Vocabulaire de Français

le temps

MP3-23

1. 對於天氣的聯想

介紹一些形容天氣(le temps) 的單字。

我們可以用下面的形容詞來形容天氣很美好(beau)…

包括了氣候溫和的(tempéré)、陽光燦爛的(ensoleillé)、清澈明亮的(clair)、柔和的(doux) 及涼爽的(frais)。

我們也可以用下面的形容詞來形容天氣很糟糕(mauvais)…

包括了有雲的(nuageux)、寒冷的(froid) 及炎熱的(chaud)。

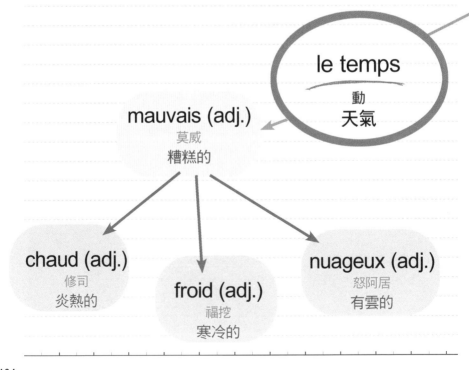

le temps
動
天氣

mauvais (adj.)
莫威
糟糕的

chaud (adj.)
修司
炎熱的

froid (adj.)
福挖
寒冷的

nuageux (adj.)
怒阿居
有雲的

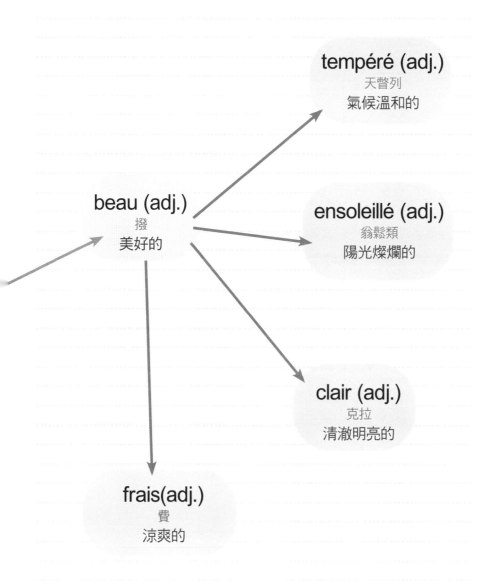

tempéré (adj.)
天瞥列
氣候溫和的

beau (adj.)
撥
美好的

ensoleillé (adj.)
翁鬆類
陽光燦爛的

clair (adj.)
克拉
清澈明亮的

frais(adj.)
費
涼爽的

2. 單字中文意義及例句

在天氣這個單元，我們介紹很多基本且實用的形容詞…

單字中文意義	例句
le temps 動 **天氣**	Tu es habitué au temps en France? 度 ㄟ 殺必度 ㄟ 凹動 翁 逢司 你習慣法國的天氣嗎？
beau (adj.) 撥 **美好的**	Demain, il fera beau. 德慢 依 費 撥 明天天氣是晴天。
tempéré (adj.) 天瞥列 **氣候溫和的**	Cést tempéré dehors. 些 天瞥列 的落 外面氣候溫和。
ensoleillé (adj.) 翁鬆類 **陽光燦爛的**	Il fera un temps ensoleillé demain. 依 斐辣 骯 動 翁鬆類 得曼 明天會是一個晴朗的天氣。
clair (adj.) 克拉 **清澈明亮的**	Calme-toi et parle d'une façon claire. 抗 他 ㄟ 罷勒 蹲 發鬆 克拉 別急，仔細說清楚。
frais(adj.) 費 **涼爽的**	Il fait plus frais au nord qu'au sud. 依 費 撲淤 費 凹 諾 考 蘇 北部比南部涼爽。
mauvais (adj.) 莫威 **糟糕的**	Il fait mauvais aujourd'hui. 依 費 莫威 凹捉堆 今天的天氣很糟。
nuageux (adj.) 怒阿居 **有雲的**	Le ciel est très nuageux. 勒 西ㄟ ㄟ 推 怒阿居 天上很多雲。
froid (adj.) 福挖 **寒冷的**	Il fait très froid aujourd'hui . 依 費 推 福挖 凹捉堆 今天很冷。
chaud (adj.) 修司 **炎熱的**	Il fait très chaud dans le bureau. 依 飛 修司 東 勒 不落 辦公室裡好熱。

3. 相關詞彙

下表有很多和壞天氣有關的字彙，淹水的時候可以用l'inondation (洪水)這個詞。

單字中文意義	法語單詞	中文拼音
雨	la pluie	撲裡
大雨	l'averse (f.)	阿斐司
暴風雨	l'orage (m.)	歐蠟炬
閃電	la foudre	奉得
雷	le tonnerre	通內
雪	la neige	內局
雲	le nuage	努阿局
風	le vent	甕
冰	la glace	葛拉斯
天氣預告	la météo	滅提歐
雨傘	le parapluie	啪啦撲淤
洪水	l'inondation (f.)	依諾塔西翁

特別注意

■ le nuage (雲)常常不只一朵，所以一般以複數型les nuages出現。

除了名詞，現在再來記憶和天氣相關的動詞…

單字中文意義	法語單詞	中文拼音
下雨	pleuvoir (v.)	潑辣
下雪	neiger (v.)	內傑
打雷	tonner (v.)	通內

4. 相關片語及重要表現法

和天氣有關的句子常常會用到il這個代名詞。

Il pleut.

下雨了。

Il neige.

下雪了。

Il fait froid.

天氣很冷。

Il fait chaud.

天氣很熱。

5. 趣味測驗

A) 請將打散的字母重新組合！

1. 炎熱的	6. 氣候溫和的
u d h a c	m é e é p t r

2.打雷 o e r n t n	7.氣象報告 é m é a t l o
3.下雪 r i g e n e	8.雲 n e e a u g l
4.有雲的 u e a u x g n	9.雨傘 l r p p l u a a i e e
5.陽光燦爛的 l l l e é e s n o i	10.下雨 v r l e o p i u

B) 接下來，依好壞來將各各詞彙分類…

mauvais	ensoleillé	la foudre	le tonnerre	l'averse
l'orage	clair	l'inondation	doux	froid

好天氣	壞天氣

l'animal

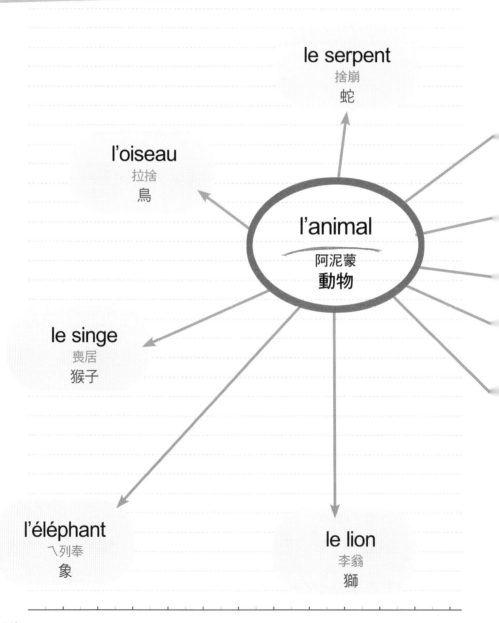

le serpent
捨崩
蛇

l'oiseau
拉捨
鳥

l'animal
阿泥蒙
動物

le singe
喪居
猴子

l'éléphant
ㄟ列奉
象

le lion
李翁
獅

le chat
殺
貓

le chien
西言
狗

le cochon
摳雄
豬

le chèvre
薛佛
羊

le cheval
薛法
馬

1. 對於動物的聯想

我們以體積小到體積大這樣的順序來記憶和動物(l'animal)相關的單字…

以四隻腳行走的動物最小的是貓(le chat)、再來是狗(le chien)、豬(le cochon)、羊(le chèvre)、馬(le cheval)、獅子(le lion)及大象(l'éléphant)。

除了以四隻腳行走的動物以外，還有猴子(le singe)、會飛行的鳥(l'oiseau)及滑行的蛇(le serpent)。

2. 單字中文意義及例句

　　你喜歡動物嗎？這裡有各種和動物相關單字的中文意思及用其所造出的例句。

單字中文意義	例句
l'animal (m.) 阿泥蒙 **動物**	Il y a beaucoup d'animaux au zoo. 依 理 雅 撥庫 達泥蒙 凹 素 動物園裡有很多動物。
le chat 殺 **貓**	Nicole adopte un chat. 妮可 阿度特 航 殺 妮可養了一隻貓。
le chien 西言 **狗**	Mon chien aboie. 蒙 西言 阿八 我的狗在叫。
le cochon 摳雄 **豬**	Le cochon marche très lentement. 勒 摳雄 媽許 推 弄特蒙 豬走路很慢。
la chèvre 薛佛 **羊**	La chèvre court vite. 拉 薛佛 酷 非替 羊跑得很快。
le cheval 薛法 **馬**	Tu sais monter à cheval? 度 謝 蒙貼 阿 薛法 你會騎馬嗎？
le lion 李翁 **獅**	Le lion est très grand. 勒 李翁 ㄟ 推 格龍 獅子很強壯。
l'éléphant (m.) ㄟ列奉 **象**	L'éléphant a le nez long. 列勒奉 阿 勒 念 龍 大象的鼻子很長。

le singe 喪居 **猴子**	J'aime le singe. 傑母 勒 喪居 **我喜愛猴子。**
l'oiseau (m.) 拉捨 **鳥**	Des oiseaux chantent. 跌 師挖捨 兄特 **鳥兒在唱歌。**
le serpent 捨崩 **蛇**	Je déteste le serpent. 著 跌跌斯特 勒 捨崩 **我討厭蛇。**

3. 相關詞彙

下表有更多和動物相關的單字…美麗的「蝴蝶」用法文來說是le papillon。

單字中文意義	法語單詞	中文拼音
老虎	le tigre	踢格
長頸鹿	la girafe	機阿佛
蝴蝶	le papillon	趴皮翁
蜘蛛	l'araignée (f.)	阿列捏
企鵝	le pingouin	攀慣
天鵝	le cygne	信
熊	l'ours (m.)	巫兒撕
熊貓	le panda	趴達
駱駝	le chameau	殺摩
孔雀	le paon	滂

鸚鵡	le perroquet	瞥羅可ㄟ
袋鼠	le kangourou	砍估魯
狼	le loup	嚕
鴿子	le pigeon	批擁
兔子	le lapin	拉趴
無尾熊	le koala	可阿拉
鵝	l'oie (f.)	挖
鴨	le canard	卡那

法文小老師

有興趣知道，各種動物叫的聲音用法文要如何表現嗎？…看看下面的表格吧！

單字中文意義	法語單詞	中文拼音
狗叫	aboyer (v.)	阿八爺
貓叫	miauler (v.)	喵列
鳥叫	gazouiller (v.)	嘎出耶
豬叫	grogner (v.)	國鎳
獅吼	rugir (v.)	盧機
馬嘶	hennir (v.)	ㄟ泥喝

4. 趣味測驗

請幫這些動物依詞性歸類，並註明其中文意義。

singe	cheval	chat	panda
pingouin		oiseau	chèvre	lion
canard	araignée		papillon
tigre	ours	oie	serpent
paon	chien	cochon	pigeon
chameau	kangourou	éléphant
loup	perroquet	girafe	cygne

陽性	陰性

la plante

MP3-25

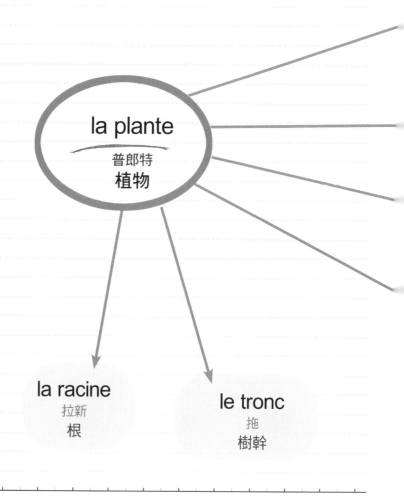

la plante
普郎特
植物

la racine
拉新
根

le tronc
拖
樹幹

1. 對於植物的聯想

植物(la plante)的個個部分…

從下到上分別是根(la racine)、樹幹(le tronc)、樹枝(la branche)、細枝(le rameau)、葉片(la feuille)及果實(le fruit)。

le fruit
佛淤
果實

la feuille
佛依爾
葉片

le rameau
哈摸
細枝

le branche
不龍需
樹枝

2. 相關詞彙

想要知道更多和植物有關的字彙嗎？

單字中文意義	法語單詞	中文拼音
花園	le jardin	嘎疼
公園	le parc	怕克
草地	le pré	呸
草坪	le gazon	嘎送
花瓶	le vase	非司
開花	fleurir (v.)	佛力喝
枯萎的	fané (adj.)	發念

下面，我們介紹各種樹及各種花

1. le pin	松樹	6. la rose	玫瑰
2. le sapin	冷杉	7. la lavende	薰衣草
3. le bouleau	樺樹	8. l'aster (m.)	菊花
4. le tilleul	菩提樹	9. l'œillet	康乃馨
5. le chêne	橡樹	10. la tulipe	鬱金香

3. 趣味測驗

請依提示填入字彙…

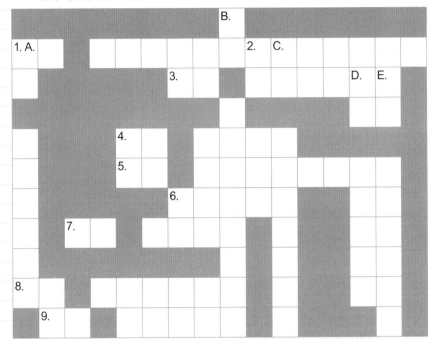

提示

橫排
1. 植物
2. 開花
3. 花瓶
4. 草地
5. 細枝
6. 枯萎的
7. 公園
8. 根
9. 果實

直排
A. 草皮
B. 樹枝
C. 葉子
D. 樹幹
E. 花園

la santé

MP3-26

1. 對於健康的聯想

在健康 (la santé)這個單元裡，我們首先介紹醫院 (l'hôpital)及在裡面的醫生 (le médecin)、護士 (l'infirmier)、救護車 (l'ambulance)還有病人 (le malade)。

接著，和健康相對的是疾病 (la maladie)。我們介紹幾個和疾病相關的形容詞，分別是：有病的 (malade)、受傷的 (blessé)以及感冒的 (enrhumé)。

la maladie
馬拉低
疾病

enrhumé (adj.)
阿率美
感冒的

blessé (adj.)
背類些
受傷的

malade (adj.)
馬拉得
有病的

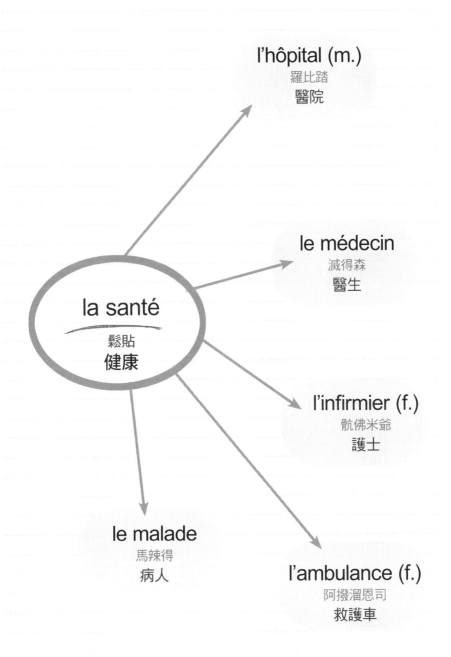

l'hôpital (m.)
羅比踏
醫院

le médecin
滅得森
醫生

la santé
鬆貼
健康

l'infirmier (f.)
骯佛米爺
護士

le malade
馬辣得
病人

l'ambulance (f.)
阿撥溜恩司
救護車

2. 單字中文意義及例句

讓我們來看看和健康有關單字的中文意思及用其所造出的例句。

單字中文意義	例句
la santé 鬆貼 **健康**	Je suis en bonne santé. 著 思維 翁 崩 鬆貼 我很健康。
l'hôpital (m.) 羅比踏 **醫院**	Est-ce qu'il y a un hôpital près d'ici? ㄟ 斯 器 利 壓 航 諾比踏 瞥 敵西 這附近有醫院嗎？
le médecin 滅得森 **醫生**	C'est un médecin très connu. 些 東 滅得森 推 空怒 他是很有名的醫生。
l'infirmier 骯佛米爺 **護士**	Cette infirmière est très belle. 謝特 郎佛米爺 ㄟ 推 被勒 那護士很漂亮。
l'ambulance (f.) 阿撥溜恩司 **救護車**	Cette ambulance est en panne. 謝特 昂撥溜恩司 ㄟ 航 辦勒 那救護車拋錨了。
le malade 馬辣得 **病人**	Il se trouve à présent avec des malades. 依兒 色 兔福 阿 瞥鬆 阿為 跌 馬辣得 他現在和病人在一起。
la maladie 馬拉低 **疾病**	J'ai attrapé une maladie de la peau. 傑 阿塔配 淤 馬拉低 得 拉 波 我得了皮膚病。
malade (adj.) 馬拉得 **有病的**	Ma fille est malade. 馬 非而 ㄟ 馬拉得 我女兒病了。
blessé (adj.) 背類些 **受傷的**	Il s'est blessé à la jambe. 依 些 背類些 阿 拉 中伯 他的腿受傷了。

enrhumé (adj.) 阿率美 **感冒的**	Thomas est enrhumé. 湯馬士 ㄟ 東率美 **湯馬士感冒了。**

3. 相關詞彙

下表是很多和生病發燒相關的詞彙…

單字中文意義	法語單詞	中文拼音
發燒	la fièvre	非耶佛
打針	la piqûre	批喟
傷口	la coupure	哭瀑
藥膏	la pommade	婆媽得
流血	saigner (v.)	向鎳
咳嗽	tousser (v.)	士些
打噴嚏	éternuer (v.)	ㄟ貼弩耶
休養	se reposer (v.)	色 和破些

法文小老師

這裡還有和病痛相關的動詞…

在法文常常用「avoir mal à 身體某部位」這樣的句型來表示病痛。

例如：

1. J'ai mal à la tête. (我頭痛。)
2. J'ai mal à l'estomac. (我胃痛。)
3. J'ai mal àux dents. (我牙痛。)

現代人飲食過量常需要減肥，下表是和減肥相關的單字…

單字中文意義	法語單詞	中文拼音
節食	le régime	雷記
減重	maigrir (v.)	沒格力
增胖	prendre (v.)	碰得
胖的	gros (adj.)	國斯
苗條的	mince (adj.)	賣司

4. 趣味測驗

請在空格中填入缺少的字母…

1. l' _ _ _ _ _ _ _ i e r (護士)

2. _ _ e s _ _ (受傷的)

3. s e _ _ _ _ _ e r (修養)

4. l' _ _ _ _ i _ _ l (醫院)

5. l _ _ _ _ _ _ r e (打針)

6. l e _ _ _ _ _ _ i n (醫生)

7. l _ s a _ _ _ _ (健康)

8. l a _ _ _ _ r e (發燒)

9. l' _ _ _ _ _ _ _ _ n c e (救護車)

10. l a _ _ _ _ _ _ d e (藥膏)

MEMO 試試看，將自己在這幾單元裡面記憶的
單字再以圖像的方式描繪下來。

Vocabulaire de Français

le hobby

MP3-27

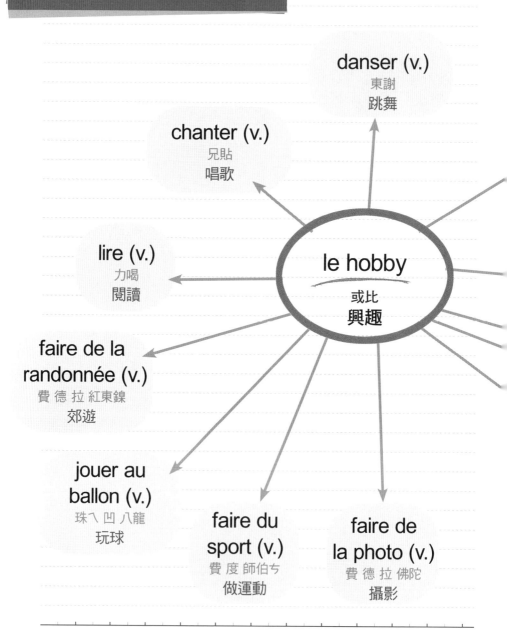

danser (v.)
東謝
跳舞

chanter (v.)
兄貼
唱歌

lire (v.)
力喝
閱讀

faire de la
randonnée (v.)
費 德 拉 紅東鎳
郊遊

le hobby
或比
興趣

jouer au
ballon (v.)
珠ㄟ 凹 八龍
玩球

faire du
sport (v.)
費 度 師伯ち
做運動

faire de
la photo (v.)
費 德 拉 佛陀
攝影

cuire (v.)
哭喝
烹飪

1. 對於各種興趣的聯想

在空閒時間我們從事各種休閒活動，我們有各種興趣(le hobby)⋯

在室內從事的活動包括閱讀(lire)、唱歌(chanter)、跳舞(danser)、烹飪(cuire)、繪畫(peindre)、彈鋼琴(jouer du piano)及看電影(aller au cinéma)。

在室外從事的活動包括游泳(nager)、攝影(faire de la photo)、做運動(faire du sport)、玩球(jouer au ballon)及郊遊(faire de la randonnée)。

peindre (v.)
胖得
繪畫

jouer du piano (v.)
珠ㄟ 嘟 批安諾
彈鋼琴

aller au cinéma (v.)
阿雷 歐 西鎳碼
看電影

nager (v.)
那決
游泳

2. 單字中文意義及例句

你的興趣是什麼呢?你能用法文說出來嗎?

單字中文意義	例句
le hobby 或比 **興趣**	J'aime lire, c'est mon hobby. 傑母 利喝 些 蒙 或比 我愛閱讀,這是我的興趣。
lire (v.) 力喝 **閱讀**	Je lis souvent des romans lorsque je m'ennuie. 著 力 蘇風 跌 羅慢 浪司科 著 蒙率 我無聊的時候常看小說。
chanter (v.) 兄貼 **唱歌**	Qui est en train de chanter? 基 ㄟ 翁 燙 德 兄貼 誰正在唱歌?
danser (v.) 東謝 **跳舞**	Ma petite sœur est en train de danser dans le jardin. 媽 婆踢 色 ㄟ 翁 燙 德 東謝 東 勒 家但 我妹妹在花園裡跳舞。
cuire (v.) 哭喝 **烹飪**	Qu'est-ce que tu fais cuire? 給 司 科 度 非 哭喝 你在煮什麼?
peindre (v.) 胖得 **繪畫**	Je ne sais pas peindre. 著 捏 些 八 胖得 我不會畫畫。
jouer du piano (v.) 珠ㄟ 嘟 批安諾 **彈鋼琴**	Mes doigts sont parfaits pour jouer du piano. 每 搭 鬆 八費 樸 珠ㄟ 嘟 批安諾 我的手指很適合彈鋼琴。
aller au cinéma (v.) 阿雷 歐 西鎳碼 **看電影**	Je veux d'abord aller chanter, puis aller au cinéma. 著 佛惡 搭播 達類 兄貼 撲率 阿雷 歐 西鎳碼 我要先唱歌再去看電影。

nager (v.) 那決 游泳	J'ai envie de nager. 傑 翁威 德 那決 我想去游泳。
faire de la photo (v.) 費 德 拉 佛陀 攝影	Pourrais-tu m'aider à faire une photo ? 撲雷 度 每疊 阿 費 淤 佛陀 你可以幫我拍照嗎？
faire du sport (v.) 費 度 師伯ㄘ 做運動	Faire du sport aide à perdre du poids. 費 度 師伯ㄘ ㄟ 阿 配得 嘟 趴 運動對減肥有幫助。
jouer au ballon (v.) 珠ㄟ 凹 八龍 玩球	Les enfants jouent au ballon dans le parc. 壘 鬆風 珠 凹 八龍 東 勒 怕課 孩子們在公園裡玩球。
faire de la randonnée (v.) 費 德 拉 紅東鎳 郊遊	Faire de la randonnée en montagne est un très bon exercice. 費 德 拉 紅東鎳 翁 蒙探勒 ㄟ 骯 推 崩 鎳些司 郊遊登山是一種很好的運動。

3. 相關詞彙

下表有更多和休閒活動有關的字彙…

單字中文意義	法語單詞	中文拼音
撲克牌	la carte	卡特
西洋棋	l'échecs (m.)	ㄟ薛
照片	la foto	佛陀
沖洗(照片)	développer (v.)	跌費樂批
圖畫	le tableau	他不羅
描繪	dessiner (v.)	德新捏

在玩遊戲的時候，通常都會用到「jouer à + 遊戲」這樣的表現法。

例如：

jouer aux cartes (打撲克牌)

jouer aux échecs (玩西洋棋)

對於喜歡閱讀的人，這裡有一些和文學相關的字彙：

單字中文意義	法語單詞	中文拼音
文學	la littérature	力貼拉兔
作家	l'écrivain (m.)	乀潰風
詩人	le poète	婆乀特
內容提要	le résumé	雷素美
人物	le personnage	彆鬆那局
作品	l'œuvre	屋佛
小說	le roman	豁夢
短篇小說	la nouvelle	努非樂

4. 趣味測驗

試試看，將圖畫和單字做適當的連結！

 •

• jouer du piano

 •

• faire de la photo

 •

• nager

 •

• jouer au ballon

 •

• peindre

 •

• lire

 •

• chanter

 •

• la carte

le sport

1. 對於運動的聯想

各種受歡迎的運動 (le sport) …

包括了棒球 (le base-ball)、籃球 (le basket)、足球 (le football) 羽球 (le badminton) 及桌球 (le tennis de table)。

另外還有排球 (le volley-ball)、網球 (le tennis) 與保齡球 (le bowling)。

個人從事的運動，包括了慢跑 (le jogging) 和騎腳踏車 (le cyclisme)。

最後，在國外比較受歡迎的運動包括了高爾夫球 (le golf) 還有橄欖球 (le football américain)。

le football américain
夫八 阿美釐砍
橄欖球

le golf
果夫
高爾夫球

le cyclisme
稀客裡斯門
騎腳踏車

le jogging
捉跟依
慢跑

le bowling
撥林
保齡球

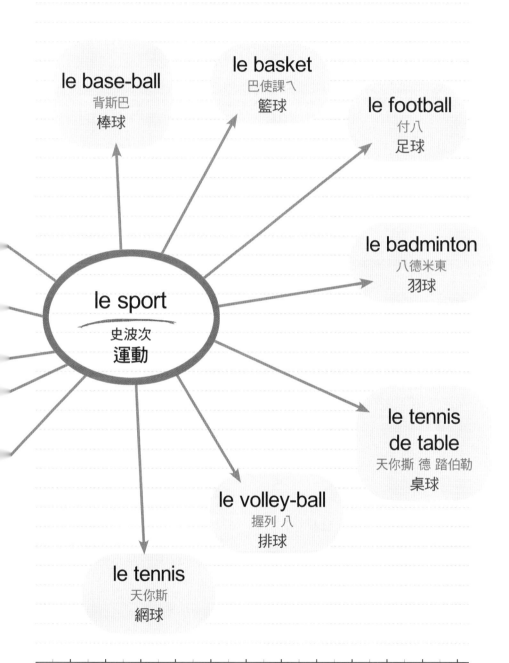

le base-ball
背斯巴
棒球

le basket
巴使課ㄟ
籃球

le football
付八
足球

le badminton
八德米東
羽球

le sport
史波次
運動

le tennis
de table
天你撕 德 踏伯勒
桌球

le volley-ball
握列 八
排球

le tennis
天你斯
網球

2. 單字中文意義及例句

你喜歡運動嗎？你都做什麼樣的運動呢？試試看用法文說出和運動相關的句子…

單字中文意義	例句
le sport 史波次 **運動**	Avant de faire du sport il faut normalement se réchauffer les muscles. 阿翁 德 費 嘟 史波次 依 佛 諾媽樂蒙 色 雷秀佛 疊 莫斯科 **運動前通常要做暖身操。**
le base-ball 背斯巴 **棒球**	J'aime jouer au base-ball. 傑母 珠ㄟ 凹 背斯巴 **我喜歡打棒球。**
le basket 巴使課ㄟ **籃球**	Je regarde souvent les compétitions de basket. 著 喝嘎得 蘇風 疊 恐批替西翁 德 巴使課ㄟ **我常看籃球比賽。**
le football 付八 **足球**	L'équipe de football que je soutiens a remporté le match. 疊批 德 付八 克 著 蘇替安 阿 雷婆貼 勒 罵區 **我支持的足球隊贏了。**
le badminton 八德米東 **羽球**	Le volley-ball, le badminton et le tennis de table sont mes sports favoris. 勒 挖利 八 勒 八德米東 ㄟ 勒 田逆司 德 太不勒 聳 每 撕破疵 非佛利 **排球、羽球及桌球都是我最喜歡的運動。**
le tennis de table 天你撕 德 踏伯勒 **桌球**	J'adore le tennis de table et le basketball. 家踱 勒 天你撕 德 踏伯勒 ㄟ 勒 被撕罷 **我熱愛桌球及籃球。**
le volley-ball 握列 八 **排球**	Les enfants n'ont pas beaucoup d'espace pour jouer au volley-ball. 列 鬆奉 弄 八 撥庫 跌司罷撕 普 珠ㄟ 凹 握列 八 **孩子們沒有太多空間玩排球。**

le tennis 天你斯 **網球**	Il y aura un match de tennis la semaine prochaine. 依 理 凹拉 罵區 德 天你斯 拉 色面樂 破宣 下個禮拜有一場網球賽。
le bowling 撥林 **保齡球**	Le bowling est mon sport favori. 勒 撥林 ㄟ 蒙 撕破ㄅ 非握利 保齡球是我最喜歡的運動。
le jogging 捉跟依 **慢跑**	Il est très dangereux de faire du jogging sur la route. 依 類 推 單折樂 得 費 嘟 捉跟依 酥 拉 率 在馬路上跑步是一件危險的事。
le cyclisme 稀客裡斯門 **騎腳踏車**	Le cyclisme est un bon exercice. 勒 稀客裡斯門 ㄟ 骯 崩 ㄟ色細絲 騎腳踏車是項很好的運動。
le golf 果夫 **高爾夫球**	Mon père est allé jouer au golf. 夢 配喝 ㄟ 搭類 珠ㄟ 凹 果夫 爸爸去打高爾夫球了。
le football américain 夫八 阿美釐砍 **橄欖球**	On s'entraîne en ce moment au football américain. 翁 鬆退樂 傲色 濛濛 凹 夫八 阿美釐砍 我們在練習橄欖球。

3. 相關詞彙

下表有更多和運動有關的字彙…

單字中文意義	法語單詞	中文拼音
比賽	le match	罵去
球隊	l'équipe	ㄟ器
運動員	le sportif	司波替夫

訓練	l'entraînement (m.)	翁退蒙
獎牌	la médaille	每疊而
裁判	l'arbitre (m.)	阿必
體育場	le stade	司大
獎盃	le trophée	拖非

這個單元裡還收錄了其他各項運動的法文。請看下表！

單字中文意義	法語單詞	中文拼音
跳遠	le saut en longueur	艘 東 龍得
跳高	le saut en hauteur	艘 東 諾得
體操	la gymnastique	金那司替課
滑雪	le ski	司器
拳擊	le boxe	不司
摔跤	la lutte	率特
騎馬	l'équitation (f.)	ㄟ機他兄
賽車	l'automobilisme	凹拖磨臂力司門
舉重	l'haltérophilie	阿貼羅飛立
潛水	la plongée	樸龍傑
曲棍球	le hockey	豁器

法文小老師

在法文中，做運動常用faire這個動詞。
例如：
a) Je fais du jogging.
　(我慢跑。)

b) Je fais de la gymnastique.
   (我做體操。)
c) Je fais de la natation.
   (我游泳。)

4. 趣味測驗

請依意義填入適當的字母！

1. l e __ __ __ __ __ n g (保齡球)

2. __ __ b __ __ __ e t (籃球)

3. l __ __ __ __ a __ __ __ e (獎牌)

4. l' __ __ __ p e (球隊)

5. l e __ __ __ __ __ __ m e (騎腳踏車)

6. l e __ __ o t __ __ __ l (足球)

7. l e b __ __ __ - b a l l (棒球)

8. __ __ t e __ __ __ __ d e t a b l e (桌球)

9. l e b a d m __ __ __ __ __ (羽球)

10. l' __ __ __ __ __ __ __ __ (裁判)

28. 音樂

la musique

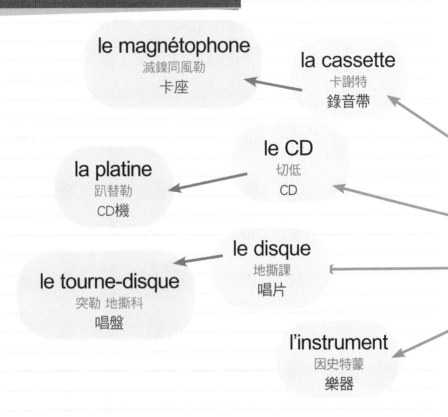

le magnétophone
滅鎳同風勒
卡座

la cassette
卡謝特
錄音帶

le CD
切低
CD

la platine
趴替勒
CD機

le disque
地撕課
唱片

le tourne-disque
突勒 地撕科
唱盤

l'instrument
因史特蒙
樂器

1. 對於音樂的聯想

和音樂(la musique)有關的單字，先想到的是歌曲(la chanson)，

接下來是做音樂的音樂家(le musicien)及樂團(le groupe)。

做音樂的這些人做出了流行歌曲(le succès)，然後辦演唱會(le concert)。

和音樂相關的硬體設備包括了做音樂的樂器(l'instrument)、可以放出音樂的唱片(le disque)、CD(le CD)及卡帶(la cassette)。

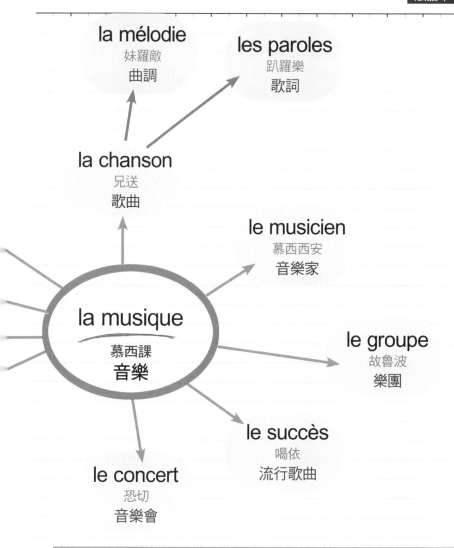

la mélodie
妹羅敵
曲調

les paroles
趴羅樂
歌詞

la chanson
兄送
歌曲

le musicien
慕西西安
音樂家

la musique
慕西課
音樂

le groupe
故魯波
樂團

le succès
喝依
流行歌曲

le concert
恐切
音樂會

想到歌曲就想到歌曲的曲調 (**la mélodie**) 及歌詞 (**les paroles**)。

想到唱片就想到放唱片的唱盤 (**le tourne-disque**)。

想到CD就想到播放CD的CD機 (**la platine**)。

想到卡帶就想到卡座 (**le magnétophone**)。

2. 單字中文意義及例句

讓我們來看看和音樂有關單字的中文意思及用其所造出的例句。

單字中文意義	例句
la musique 慕西課 **音樂**	J'aimais déjà la musique quand j'étais encore un petit garçon. 節目類 跌家 拉 慕西課 工 傑電 翁闊 骯 伯提 嘎鬆 我還是小男孩時就已經很喜歡音樂了。
la chanson 兄送 **歌曲**	Je me sens mieux quand j'écoute cette chanson. 著 麼 鬆 瞇額 工 傑庫特 謝特 兄送 聽這歌讓我的心情變好了。
le musicien 慕西西安 **音樂家**	C'est un musicien très célèbre. 些 蹲 慕西西安 推 色列不勒 他是很有名的音樂家。
le groupe 故魯波 **樂團**	Tu aimes quel groupe? 度 安 給 故魯波 你喜歡哪一個樂團？
le succès 蘇西 **流行歌曲**	Je n'aime pas ce succès. 著 年 八 色 蘇西 我不喜歡那流行歌曲。
le concert 恐切 **音樂會**	J'ai envie d'aller au concert. 傑 翁威 達類 凹 恐切 我想去聽演唱會。
l'instrument (m.) 骯史特蒙 **樂器**	Mon instrument est le piano. 蒙 囊史特蒙 ㇂ 勒 批安諾 我的樂器是鋼琴。
le disque 地撕課 **唱片**	Je te prête mon disque. 著 得 配特 蒙 地撕課 我的唱片借給你。

le CD 切低 **CD**	Je ne trouve pas mon CD. 著 那 兔夫 八 蒙 切低 我找不到我的CD。
la cassette 卡謝特 **錄音帶**	Les cassettes ne sont plus souvent utilisées. 列 卡謝特 勒 鬆 撲率 蘇風 屋踢離謝 卡帶已不常被使用了。
la mélodie 妹羅敵 **曲調**	C'est une jolie mélodie. 些 堆 捉離 妹羅敵 這曲調真好聽。
les paroles 趴羅樂 **歌詞**	Est-ce que le français les paroles est correct? ㄟ 斯克勒 逢謝 嘟 趴羅樂 ㄟ 科雷 這歌詞的語法正確嗎？
le tourne-disque 突勒 地撕科 **唱盤**	Quelqu'un a volé mon tourne-disque. 給剛 阿 窩雷 蒙 突勒 地撕科 有人偷了我的唱盤。
la platine 趴替勒 **CD機**	Mon frère a acheté une platine neuve. 蒙 費喝 阿 阿血貼 淤 趴替勒 努 我哥哥買了台新的CD機。
le magnétophone 滅鎳同風勒 **卡座**	Qui peut m'aider à réparer le magnétophone? 機 婆 沒地 阿 雷耙類 勒 滅鎳同風勒 誰可以幫我修卡座？

3. 相關詞彙

首先我們介紹各種樂器。

單字中文意義	法語單詞	中文拼音
吉他	la guitare	及踏爾
鋼琴	le piano	皮安諾

小提琴	le violon	非翁羅
笛子	la flûte	佛特
打擊樂器	la batterie	八特例
薩克斯風	le saxophone	薩所風
大提琴	le violoncelle	非翁羅西羅
喇叭	la trompette	通配

法文小老師

在法文中，彈奏樂器常常用「jouer+ de+樂器」來表現。

例如：

a) jouer du piano (彈鋼琴)

b) jouer de la guitare (彈吉他)

這邊要注意的是，在26單元時，我們介紹過玩遊戲也可以用jouer這個動詞，只不過，玩遊戲的時候，加的是不同的介系詞：玩遊戲的時候，通常都會用到「jouer à + 遊戲」這樣的表現法。而不是「jouer + de」

接著來介紹各種音樂類型。

單字中文意義	法語單詞	中文拼音
流行音樂	la pop	破普
爵士樂	le jazz	爵士

搖滾樂	le rock	或克
饒舌音樂	le rap	類普
古典樂	la musique classique	母系 克拉係科

4. 趣味測驗

試試看，將本單元學到的單字圈出來！

L	A		C	A	S	S	E	T	T	E		L		
						L	E		P	A	R	O	L	E
					L	A		M	U	S	I	Q	U	E
L	A		P	L	A	T	I	N	E	L				M
A							L	E			C	D	P	U
	L												I	S
M	A		T	L	E		D	I	S	Q	U	E	A	I
É			R	L	A		C	H	A	N	S	O	N	C
L	F		O				X						O	I
O	L	E	M	A	G	N	É	T	O	P	H	O	N	E
D	Û		P				P							N
I	T		E				H							
E	E		T	L	E		V	I	O	L	O	N		
			T	L	E		C	O	N	C	E	R	T	
			E				E							

l'art

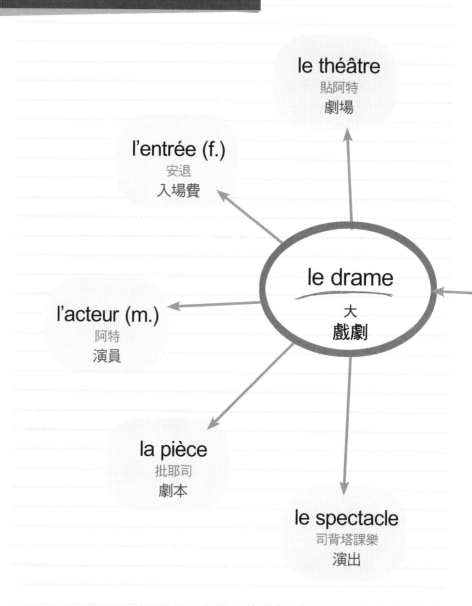

le théâtre
貼阿特
劇場

l'entrée (f.)
安退
入場費

le drame
大
戲劇

l'acteur (m.)
阿特
演員

la pièce
批耶司
劇本

le spectacle
司背塔課樂
演出

1. 對於藝術的聯想

前幾單元，我們介紹了和文學及音樂相關的單字，這單元繼續介紹其他兩個和藝術(l'art)相關的範疇。

首先是繪畫藝術(la peinture)。

由藝術家(l'artiste)及畫家(le peintre)創作出很多繪畫(le tableau)之後舉辦展覽(l'exposition)。

另外一大類屬於藝術範疇的單字是和戲劇(le drame)相關的單字。

包括了演出戲劇的劇場(le théâtre)、要進入劇場看戲劇的入場費(l'entrée)、演出戲劇的演員(l'acteur)及由劇作家創作的劇本(la pièce)。

還有在一切就緒之後的演出(le spectacle)。

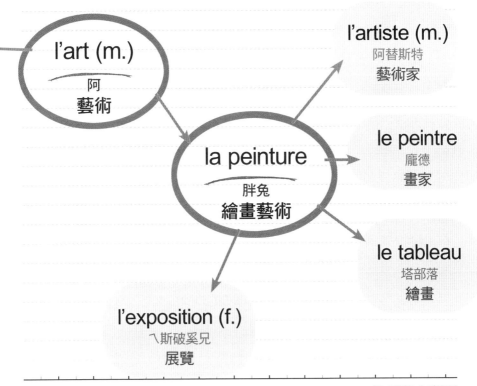

l'art (m.)
阿
藝術

l'artiste (m.)
阿替斯特
藝術家

la peinture
胖兔
繪畫藝術

le peintre
龐德
畫家

le tableau
塔部落
繪畫

l'exposition (f.)
ㄟ斯破奚兄
展覽

2. 單字中文意義及例句

　　以下是和藝術、繪畫、戲劇相關單字的中文意思及用其所造出的
例句。

單字中文意義	例句
l'art (m.) 阿 **藝術**	Cette femme est une amatrice d'art. 謝特 法麼 乀 淤 阿媽推司 達 那位小姐是個藝術愛好者。
la peinture 胖兔 **繪畫藝術**	Il y a une peinture accrochée au mur. 依 理 雅 淤 胖兔 阿闊雪 凹 木 牆上掛了一幅畫。
l'artiste (m.) 阿替斯特 **藝術家**	Léonard de Vinci est un artiste connu. 李傲那多 得 達文西 乀 當 阿替斯特 恐怒 達文西是有名的藝術家。
le peintre 龐德 **畫家**	J'ai beaucoup d'admiration pour ce peintre. 傑 撥哭 當密拉西翁 撲 色 龐德 我很崇拜這名畫家。
le tableau 塔部落 **繪畫**	J'ai mis pas mal de temps avant de terminer ce tableau. 傑 瞇 八 麻 德 東 阿翁 德 貼密鎳 色 塔部落 我花了不少時間完成這畫。
l'exposition (f.) 乀斯破奚兄 **展覽**	Cette exposition sera bientôt terminée. 謝特 乀斯破奚兄 色拉 逼央妥 貼密鎳 這展覽快要結束了。
le drame 大 **戲劇**	J'aime le drame. 傑 勒 大 我喜歡戲劇。
le théâtre 貼阿特 **劇場**	Est-ce qu'il y a un théâtre près d'ici?. 乀 色 器 李 壓 骯 貼阿特 瞥 敵西 這附近有劇場嗎？
l'entrée (f.) 安退 **入場費**	L'entrée est de 50 Euros. 龍退 乀 喪共 歐羅 門票是50歐元。

l'acteur (m.) 阿特 **演員**	L'acteur a perdu son sac à la gare . 拉特 阿 瞥度 鬆 薩課 阿 拉 尬喝 **演員在火車站遺失錢包。**
la pièce 批耶司 **劇本**	C'est ma pièce préférée. 些 馬 批耶司 瞥非列 **這是我最喜歡的劇本。**
le spectacle 司背塔課樂 **演出**	Le spectacle va commencer tout de suite. 勒 司背塔課樂 瓦 恐夢些 禿 德 思維 **演出馬上就開始了。**

3. 趣味測驗

試試看，將打散的字母重新排列！

1. 演出	4. 繪畫藝術
e e e s p c t a c l l	a i n p t u r l e e
2. 劇本	5. 繪畫
l i a e è p c	e b t e a a u l l
3. 畫家	6. 戲劇
e i t r p e e n l	e e r l a d m

30. 經濟
l'économie

MP3-31

le produit
婆度
產品

la société
所西耶貼
公司

1. 對於經濟的聯想

和經濟(l'économie)相關的單字…

包括了公司(la société)、各國公司間的貿易(le commerce)、成交的價格(le prix)、付帳的金錢(l'argent)。

想到公司就想到公司生產的產品(le produit)。

想到貿易就想到進口(importer)與出口(exporter)。

想到價格就想到價格有貴的(cher)及便宜的(bon marché)的分別。

想到金錢就想到人有富有(riche)及貧窮(pauvre)的分別。

l'économie (f.)
ㄟ恐弄米
經濟

l'argent (m.)
拉窖
金錢

pauvre (adj.)
泡佛
貧窮的

riche (adj.)
里西
富有的

178

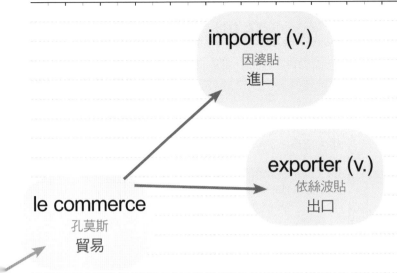

importer (v.)
因婆貼
進口

exporter (v.)
依絲波貼
出口

le commerce
孔莫斯
貿易

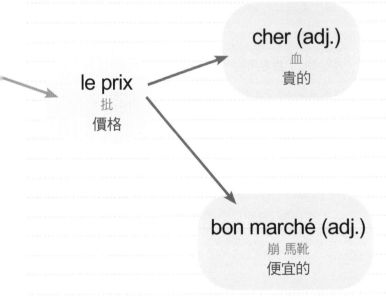

le prix
批
價格

cher (adj.)
血
貴的

bon marché (adj.)
崩 馬靴
便宜的

2. 單字中文意義及例句

讓我們來看看和經濟有關的名詞、動詞及形容詞…

單字中文意義	例句
l'économie (f.) ㄟ恐弄米 **經濟**	Il n'y a pas de petites économies. 依 你 雅 八 德 波提 些恐弄米 積少成多。
la société 所西耶貼 **公司**	Le chiffre d'affaire de la société est de plus en plus à la baisse. 壘 係夫 搭費而 德 拉 所西耶貼 鬆 德 撲淤 ㄟ 撲淤 阿拉 被撕 公司業績逐漸向下滑落。
le commerce 孔莫斯 **貿易**	Je suis dans le commerce. 著 思維 東 勒 孔莫斯 我是經商人士。
le prix 批 **價格**	Quelle agence de voyage offre les meilleurs prix? 給 拉重 德 窩壓句 歐佛 咧 每夜 批 哪一家旅行社的價格比較便宜？
l'argent (m.) 拉窘 **金錢**	Maman m'a donné de l'argent de poche. 媽蒙 媽 東壘 德 拉窘 德 破需 媽媽給了我零用錢。
le produit 婆度 **產品**	Le produit doit être emballé. 勒 婆度 達 ㄟ特 翁八雷 這產品需要包裝。
importer (v.) 因婆貼 **進口**	C'est une marque de literie importée très connue. 些 推淤 馬克 德 利特例 因婆貼 推 恐率 這是進口的名牌床。
exporter (v.) 依絲波貼 **出口**	La société exporte du thé. 拉 所係ㄟ貼 依絲波 嘟 貼 那公司出口茶葉。

cher (adj.) 血 **貴的**	Est-ce que cet objet coûte cher? ㄟ 斯 克 色 歐不業 哭 血 這東西貴不貴？
bon marché (adj.) 崩 馬靴 **便宜的**	L'ordinateur est bon marché. 落敵哪特 ㄟ 崩 馬靴 電腦很便宜。
riche (adj.) 里西 **富有的**	Il est riche d'esprit même s'il n'a pas d'argent. 依 壘 里西 跌斯闕 滿 西 哪 八 達重 他雖然沒有錢，但是精神上很富有。
pauvre (adj.) 泡佛 **貧窮的**	Je suis pauvre mais je suis heureux. 著 思維 泡佛 每 著 司威 喝勒 我窮但快樂。

3. 相關詞彙

想要知道更多和經濟有關的字彙嗎？

單字中文意義	法語單詞	中文拼音
支票	le chèque	炫克
信用卡	la carte de crédit	卡 德 潰提
薪水	la salaire	殺壘
稅款	l'impôt (m.)	東埔
股市	la bourse	撥色
股票	l'action (f.)	阿些翁
競爭	le concurrence	空苦冷

第三部份 大千世界　181
Partie 3 L'univers

4. 相關片語及重要表現法

想知道如何用法文說出各種不同的付款方式嗎?

購物時付款有三種方式…

單字中文意義	法語表現法	中文拼音
用信用卡付款	payer par carte de crédit	呸耶 八 卡 德 潰提
用現金付款	payer en espèces	呸耶 翁 捏司被撕
用支票付款	payer par chèque	呸耶 八 炫克

例:

Vous pouvez payer en espèces ou par carte de crédit.

(您可以付現或刷卡。)

Il paie par chèque.

(他用支票付帳。)

5. 趣味測驗

試試看，將本單元學到的單字圈出來！

								I	L			
								M	A			
								P				
L	E		C	O	M	M	E	R	C	E		O	S
							L	E		P	R	O	D	U	I	T
L	A		B	O	U	R	S	E		C	L	T	C
	P				R	I	C	H	E		E	I
L	A		C	A	R	T	E		D	E		C	R	É	D	I	T
	U						R	P			T
	V			B	O	N		M	A	R	C	H	É
	R			L	A		S	A	L	A	I	R	E
L	E		C	H	È	Q	U	E		E	X	P	O	T	E	R

Vocabulaire de Français

第四部份

第四部分 基本單字篇
Partie 4 Vocabulaire fondamental

le pronom personnel

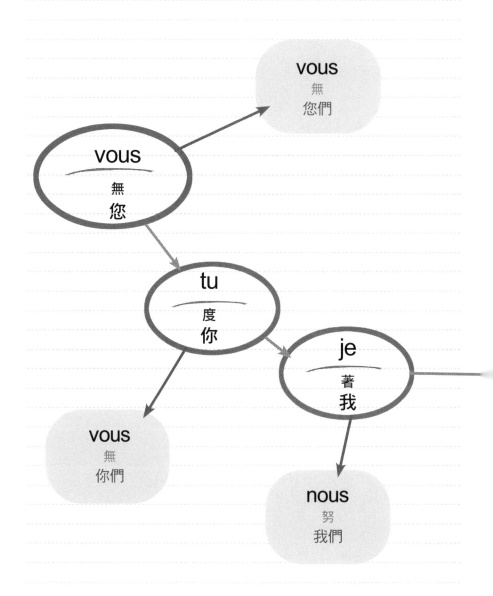

1. 對於人稱代名詞的聯想

對於人稱代名詞的聯想：

想到代名詞就想到你、我、他…。

第二人稱代詞包括：您(**vous**)及你(**tu**)。

第一人稱代詞只有：我(**je**)。

第三人稱代詞有：他(**il**)、她(**elle**)及它(**il**)。

第二人稱複數的代詞有您們(**vous**)及你們(**vous**)。

第一人稱複數的代詞只有：我們(**nous**)。

第三人稱複數的代詞有他們(**ils**)及她們(**elles**)。

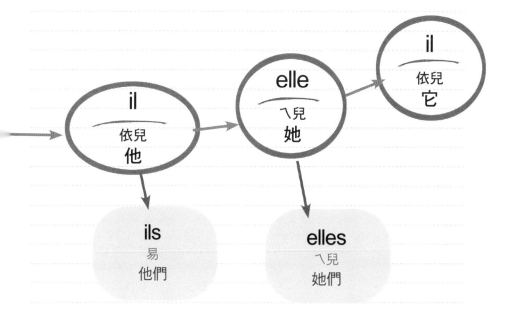

2. 人稱代名詞的各種變化

je
著
我

→

mon 我的（接陽性單數名詞）
ma 我的（接陰性單數名詞）
mes 我的（接複數名詞）

tu
度
你

→

ton 你的（接陽性單數名詞）
ta 你的（接陰性單數名詞）
tes 你的（接複數名詞）

il
依兒
他

→

son 他的（接陽性單數名詞）
sa 他的（接陰性單數名詞）
ses 他的（接複數名詞）

elle
ㄟ勒
她

→

son 她的（接陽性單數名詞）
sa 她的（接陰性單數名詞）
ses 她的（接複數名詞）

il
亦而
它

son 它的 (接陽性單數名詞)
sa 它的 (接陰性單數名詞)
ses 它的 (接複數名詞)

nous
努
我們

notre 我們的

vous
無
您

votre 您的

vous
努
你們

votre 你們的

ils
易
他們

leur 他們的

vous
無
您

votre 您們的

3. 單字中文意義及例句

人稱代名詞算是基礎的單字，十分重要…

單字中文意義	例句
vous 無 **您**	Je comprends ce que vous voulez dire. 著 空碰 色 課 無 無類 地 **我瞭解您的意思。**
tu 度 **你**	Es-tu déjà allé en Allemagne? ㄟ 度 跌家 阿雷 翁 阿類慢勒 **你去過德國嗎？**
je 著 **我**	Je t'aime. 著 電 **我愛你。**
il 依兒 **他**	Il n'a pas de cœur. 依兒 那 八 德 課 **他心地很壞。**
elle ㄟ兒 **她**	Elle se brosse les dents avant d'aller se coucher. ㄟ兒 色 不司 類 東 殺翁 **她在睡前刷牙。**
il 依兒 **它**	Il y a environ cent participants pour cette compétition. 依 理 呀 翁威隆 鬆 怕踢西趴 舖 謝特 恐配踢西翁 **這次比賽大約有一百名參賽者。**
vous 無 **您們**	Vous avez quelque chose à me demander? 無 殺為 給克 秀司 阿 麼 得夢跌 **您們有事要拜託我嗎？**
vous 無 **你們**	Vous aimez le base-ball? 無 先面 勒 巴司罷 **你們喜歡棒球嗎？**
nous 努 **我們**	Nous allons boire un verre d'alcool ensemble? 努 沙龍 爸 骯 費喝 大可 翁送不勒 **我們去喝杯酒嗎？**

ils 易 他們	Ils doivent rester à l'entreprise le soir. 易 大 雷司貼 阿 龍特批司 勒 絲襪 他們晚上必須留在公司。
elles ㄟ兒 她們	Elles sont mes bonnes copines. ㄟ兒 鬆 妹 崩 恐辦 她們是我的好朋友。

法文小老師

■除了上面介紹的人稱代名詞外，我們還常用on這個代名詞來代表「我們」或「人們」、「大家」、「有人」、「別人」的意思。

例：On est fatigué.
我們很累。

■一般來說，mon接在單數陽性名詞之前，如mon livre(我的書)。
不過，如果陰性名詞是母音開頭的話，就不會用ma，而用mon，如mon écharpe(我的圍巾)。
會出現這樣的例外是因為mon後面的字母「n」可以和後面的母音做連音。

32. 數字

les nombres

MP3-33

zero 些落 0	un / une 骯 / 淤 1	deux 德 2	trois 塔 3	quatre 嘎特 4
cinq 負 5	six 西司 6	sept 些 7	huit 欲 8	neuf 勒服 9
dix 簽 10	onze 翁司 11	les nombres 弄不勒 數字	douze 都市 12	treize 推色 13
quatorze 家多是 14	quinze 負簽 15	seize 些司 16	dix-sept 敵視 些 17	dix-huit 敵視 欲 18
dix-neuf 敵視 勒服 19	vingt 甕 20	vingt et un 甕 貼骯 21	vingt-deux 甕 德 22	trente 推特 30

特別注意

■ 14(quatorze)和15(quinze)、40(quarante)、50(cinquante)這些數字很容易搞混。

trente et un	trente-deux	quarante
推特 貼 骯	推特 德	家紅
31	32	40

quarante-neuf	cinquante	cinquante-huit
家紅 勒服	喪共特	阿穩負氣需
49	50	58

soixante	soixante-dix	soixante-dix-sept
師襪鬆	師襪鬆 敵視	師襪鬆 敵視 些
60	70	77

quatre-vingts	les nombres	quatre-vingt-un
家特奉	弄不勒	家特 甕 骯
80	數字	81

quatre-vingt-dix	quatre-vingt-seize	quatre-vingt-dix-neuf
家特 甕 敵撕	家特 甕 些司	家特 逢 敵視 樂夫
90	96	99

cent	mille	dix mille
送	米勒	米勒
100	1000	10,000

cent mille	un million	un milliarde
鬆 米勒	米裡翁	米裡阿得
100,000	1,000,000	1,000,000,000

1. 相關詞彙

首先我們來看看在法文中序數如何表達…

premier 憋密耶 **第一的**	deuxième 得係耶 **第二的**	troisième 他係厭 **第三的**	quatrième 嘎替厭 **第四的**	cinquième 喪氣焰 **第五的**
sixième 嬉戲厭 **第六的**	septième 西替厭 **第七的**	huitième 威替厭 **第八的**	neuvième 弩飛燕 **第九的**	dixième 地係厭 **第十的**
dixième 地係厭 **第十一的**	douzième 嘟係厭 **第十二的**	treizième 推係厭 **第十三的**	quatorzième 嘎多西厭 **第十四的**	vingtième 翁替厭 **第二十的**
trentième 推提厭 **第三十的**	quarantième 嘎多題厭 **第四十的**	soixante- dixième 絲襪送 地西厭 **第七十的**	quatre- vingtième 嘎特 甕提厭 **第八十的**	centième 鬆替厭 **第一百的**

法文小老師

■ 法文的七十是六十 (soixante) 和十 (dix)：soixante-dix (七十)，而法文的八十是四個 (quatre) 二十 (vingt)：quatre-vingts (八十)。又，法文的九十是四個 (quatre) 二十 (vingt) 加十 (dix)：quatre-vingt-dix (九十)

■ 法文二以上的序數是其數字後加上字尾 -ième。
如，
vingt(20) + ième →vingtième(第21的)

接下來來學學分數如何說⋯

分數

un demi 骯 得米 ½	un tiers 骯 踢耶 ⅓	un quart 骯 嘎 ¼	trois quart 拖阿 嘎 ¾

最後是加減乘除⋯

加減乘除

單字中文意義	法語單詞	中文拼音
加	additionner	阿低西翁鎳
減	soustraire	蘇司退
乘	multiplier	蒙踢批裡耶
除	diviser	低威些

2. 趣味測驗

請用法語回答下面的數學題目⋯

1. $95 - 64 =$

2. $81 + 11 =$

3. $75 \div 5 =$

4. $23 \times 2 =$

5. $44 - 24 =$

6. $7 + 5 =$

7. $36 \div 3 =$

8. $90 - 60 =$

9. $50 \times 2 =$

10. $2 + 3 =$

la couleur

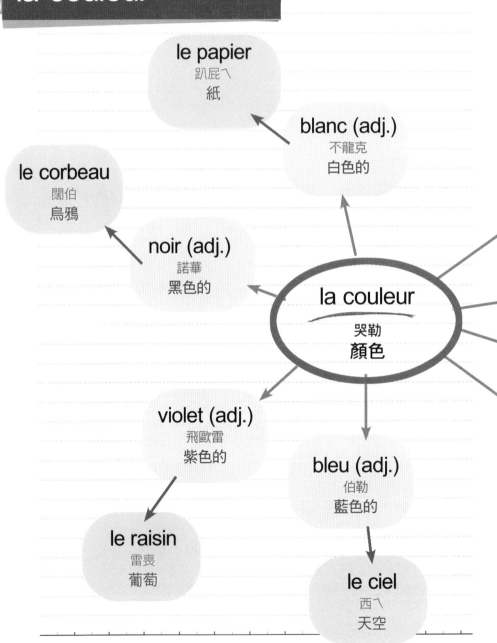

le papier
趴屁ㄟ
紙

blanc (adj.)
不龍克
白色的

le corbeau
闊伯
烏鴉

noir (adj.)
諾華
黑色的

la couleur
哭勒
顏色

violet (adj.)
飛歐雷
紫色的

bleu (adj.)
伯勒
藍色的

le raisin
雷喪
葡萄

le ciel
西ㄟ
天空

le sang
喪
血

rouge (adj.)
互局
紅色的

orange (adj.)
歐蘭菊
橘色的

jaune (adj.)
重勒
黃色的

vert (adj.)
會特
綠色的

1. 對於顏色的聯想

看著圖，以彩虹的顏色順序來記憶各個顏色(les couleurs)。

分別是紅色(rouge)、橘色(orange)、黃色(jaune)、綠色(vert)、藍色(bleu)、紫色(violet)及黑色(noir)與白色(blanc)。

紅色讓人聯想到紅色的鮮血(le sang)，

黃色讓人聯想到黃色計程車(le taxi)，

綠色讓人聯想到翠綠的草(l'herbe)。

藍色讓人聯想到蔚藍的天空(le ciel)，

紫色讓人聯想到美味的葡萄(le raisin)，

黑色讓人聯想到漆黑的烏鴉(le corbeau)，

白色讓人聯想到純潔如白紙(le papier)。

le taxi
貼克斯
計程車

l'herbe
ㄟ伯
草坪

2. 單字中文意義及例句

讓我們來學學和顏色有關的單字…

單字中文意義	例句
la couleur 哭勒 **顏色**	Ma tante avait une robe de couleur. 媽 動特 阿非 暈 落伯 德 哭勒 我姑姑穿了一件顏色鮮豔的連衣裙。
rouge (adj.) 互局 **紅色的**	Une voiture rouge est garée devant la maison. 暈 挖兔 互局 ㄟ 嘎累 得風 啦 妹松 房子前停了一輛紅色的車子。
orange (adj.) 歐蘭菊 **橘色的**	Ma femme a un sac à main orange. 媽 放麼 阿 骯 薩課 阿 曼 歐蘭菊 我老婆有一個橘色的手提包。
jaune (adj.) 重勒 **黃色的**	Elle peint une fleur jaune. ㄟ 碰 暈 佛勒 重勒 她在畫一朵黃色的花。
vert (adj.) 會特 **綠色的**	J'ai envie de peindre le mur en vert. 追 翁一 德 碰得 勒 謬 翁 會特 我想把牆壁漆成綠色的。
bleu (adj.) 伯勒 **藍色的**	Adam porte un pull bleu. 阿登 伯特 骯 撲淤 伯勒 Adam穿著一件藍色的毛衣。
violet (adj.) 飛歐雷 **紫色的**	Ce T-shirt violet est cool. 色 踢序 飛歐雷 ㄟ 酷 這紫色的T恤很酷。
noir (adj.) 諾華 **黑色的**	J'aime le chemisier noir. 追母 勒 薛密斯 諾華 我喜歡這黑色的襯衫。
blanc (adj.) 不龍克 **白色的**	Mon père a des cheveux blancs. 蒙 被喝 阿 疊 缺佛 不龍克 我爸爸有白頭髮。
le sang 喪 **血**	Thomas est blessé, il a perdu beaucoup de sang. 湯馬士 ㄟ 背謝 一 拉 撇度 撥酷 德 喪 Thomas受傷了，他流了很多血。

le taxi 貼克斯 **計程車**	C'est plus rapide de prendre le taxi. 些 撲綠 哈皮 德 碰德 勒 貼克斯 搭計程車比較快。
l'herbe (m.) ㄟ伯 **草**	Les herbes poussent. 壘 些伯 波鬆 草長出來了。
le ciel 西ㄟ **天空**	Le ciel est bleu. 勒 西ㄟ ㄟ 伯勒 天空很藍。
le raisin 雷喪 **葡萄**	Le raisin est bon pour la santé. 勒 雷喪 ㄟ 繃 葡 拉 鬆貼 葡萄對健康很好。
le corbeau 闊伯 **烏鴉**	Il y a un corbeau dans le ciel. 一 力 雅 骯 闊伯 東 勒 西頁 天空中有一隻烏鴉。
le papier 趴屁ㄟ **紙**	J'ai besoin d'une feuille de papier. 傑 撥使萬 得運 佛依兒 德 趴屁ㄟ 我需要一張紙。

3. 相關詞彙

這裡有更多和顏色相關的字彙…

單字中文意義	法語單詞	中文拼音
金色的	blond (adj.)	不龍得
銀色的	argenté (adj.)	阿針貼
天藍色的	indigo (adj.)	因地狗
灰色的	gris (adj.)	格裡斯
棕色的	brun (adj.)	伯龍
粉紅的	rose (adj.)	落斯
栗色的	marron (adj.)	馬龍

4. 相關片語及重要表現法

接下來介紹一些和這單元有關的法文片語。

中文意思	法語表現法
白紙黑字	C'est écrit noir sur blanc.
黑色幽默	l'humour noir
吃不到葡萄說葡萄酸	Il trouve les raisins trop verts.
處於困難境地	être dans le rouge
多愁善感	être fleur bleue
撞出一塊淤青	se faire un bleu
清白無辜的	blanc comme neige
臉色蒼白	blanc comme un linge
嚇得臉色發青	être vert de peur

法文小老師

■ 我們説「吃不到葡萄説葡萄酸」，用法語來説，是説葡萄很「綠」…
例：Il trouve les raisins trop verts.（吃不到葡萄説葡萄酸。）
除此以外，我們用綠色來表示害怕的情緒。
例：Elle est vert de peur. (她嚇得臉色發青。)

■ 我們用雪來形容一個人清白無辜，當我們説某人很無辜時，我們用「像雪一樣的清白無辜」這樣的表現法。
例如：
Il est blanc comme neige. (他是清白無辜的。)
除此以外，我們也用白色來形容一個人的臉色。
例如：
Elle est blanc comme un linge. (她臉色蒼白。)

5. 趣味測驗

試試看，依提示填入適當的詞彙！

									G.			
A.	1.					D.	E.				I.	J.
2.												
	3.											
	B.		4.				5.					
	6.	C.						H.				
			7.									
						8.						
9.						F.						
						10.						
11.												
12.		13.										

提示

橫排	直排
1. 栗色的	A. 金色的
2. 草	B. 葡萄
3. 天藍色的	C. 天空
4. 白色的	D. 烏鴉
5. 黃色的	E. 計程車
6. 藍色的	F. 紅色的
7. 黑色的	G. 血
8. 棕色的	H. 灰色的
9. 顏色	I. 橘色的
10. 粉紅色	J. 銀色的
11. 綠色	
12. 紫色	
13. 紙	

la forme

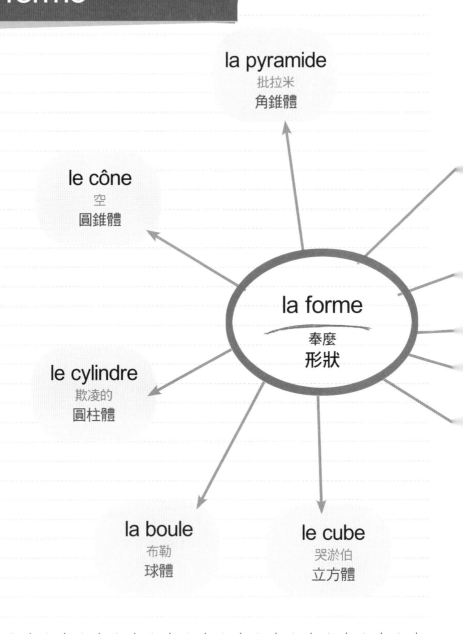

la pyramide
批拉米
角錐體

le cône
空
圓錐體

la forme
奉麼
形狀

le cylindre
欺凌的
圓柱體

la boule
布勒
球體

le cube
哭淤伯
立方體

triangulaire (adj.)
翠安估壘
三角形的

rectangulaire (adj.)
略湯估累
四角形的

octogonal (adj.)
歐克拖郭那
八角形的

rond (adj.)
龍
圓形的

ovale (adj.)
歐挖勒
橢圓形的

1. 對於形狀的聯想

以兩個範疇去記憶各種形狀 (la forme)…

屬於平面的有三角形的 (triangulaire)、四角形的 (rectangulaire)、八角形的 (octogonal)、圓形的 (rond) 及橢圓形的 (ovale)。

屬於立體的有立方體 (le cube)、球體 (la sphère)、圓柱體 (le cylindre)、圓錐體 (le cône) 及角錐體 (la pyramide)。

2. 單字中文意義及例句

讓我們來看看和形狀有關單字的中文意思及用其所造出的例句。

單字中文意義	例句
la forme 奉麼 **形狀**	La forme du cristal est irrégulière. 拉 奉麼 嘟 克里斯塔 ㄟ 伊勒估累 水晶的形狀很不規則。
triangulaire (adj.) 翠安估壘 **三角形的**	Ce chocolat est triangulaire. 色 修扣拉 ㄟ 翠安估壘 這巧克力是三角形的。
rectangulaire (adj.) 略湯估累 **四角形的**	L'enveloppe est normalement rectangulaire. 勒佛落普 ㄟ 挪罵樂蒙 略湯估累 一般來說信封是四邊形的。
octogonal (adj.) 歐克拖郭那 **八角形的**	La petite pierre est octogonale. 拉 波踢 批業喝 ㄟ 歐克拖郭那 小石頭是八角形的。
rond (adj.) 龍 **圓形的**	Ce n'est pas triangulaire, c'est rond. 色 捻 八 翠安估壘 些 龍 這不是三角形的，這是圓形的。
ovale (adj.) 歐挖勒 **橢圓形的**	Son visage est ovale. 鬆 威殺 ㄟ 歐挖勒 她有張鵝蛋臉。
le cube 哭淤伯 **立方體**	Mon frère joue aux cubes. 蒙 費喝 豬 歐 哭淤伯 我弟弟在玩積木。
la boule 布勒 **球體**	Les enfants jouent avec la petite boule. 咧 鬆風 豬 他非 拉 婆踢 布勒 小朋友們玩著那小球。
le cylindre 欺凌的 **圓柱體**	La glace est en forme de cylindre. 拉 葛拉司 ㄟ 東 風麼 德 欺凌的 這雪糕呈圓柱體。

| le cône
空
圓錐體 | Le clown porte un chapeau en forme de cône.
勒 哭魯 撥東 殺波 翁 放 德 空
小丑帶著成圓錐體的帽子。 |
| la pyramide
批拉米
角錐體 | La pyramide d'Égypte est mystérieuse.
拉 批拉米 低級普 ㄟ 瞇司跌離喔
埃及的金字塔很神秘。 |

3. 趣味測驗

請依圖形填入適當詞彙。

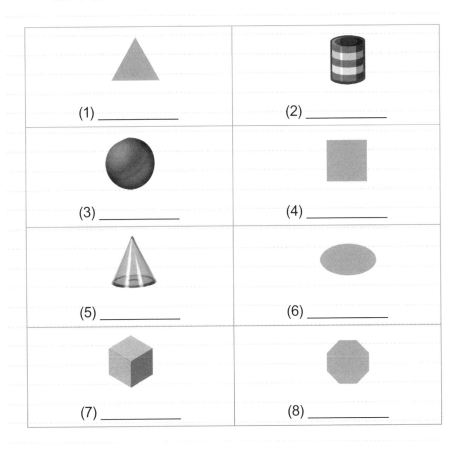

(1) _____

(2) _____

(3) _____

(4) _____

(5) _____

(6) _____

(7) _____

(8) _____

le temps

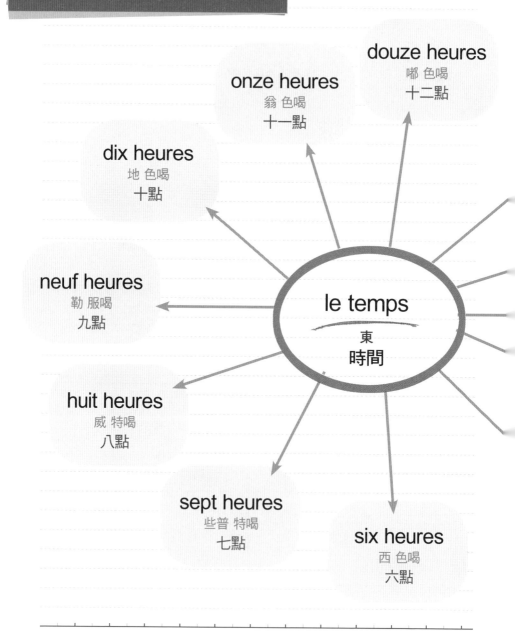

douze heures
嘟 色喝
十二點

onze heures
翁 色喝
十一點

dix heures
地 色喝
十點

neuf heures
勒 服喝
九點

le temps
東
時間

huit heures
威 特喝
八點

sept heures
些普 特喝
七點

six heures
西 色喝
六點

une heure
淤 訥喝
一點

deux heures
德 色喝
兩點

trois heures
塔 色喝
三點

quatre heures
嘎特 勒喝
四點

cinq heures
喪 課喝
五點

1. 相關片語及重要表現法

接下來介紹分鐘的說法。

單字中文意義	法語單詞	中文拼音
三點五分	trois heures cing	塔 色 喪
兩點十五分	deux heures et quart	德 色 ㄟ 尬
十二點正	midi	密低
三點四十分	quatre heures moins vingt	嘎特 色 媽 甕
下午兩點兩分	quatorze heures deux	嘎多司 色 德

2. 相關片語及重要表現法

■ 在詢問幾點時，有一個十分重要的表現法：à quelle heure...

例如：

Tu pars au bureau à quelle heure?　(你幾點上班？)

Tu te lève à quelle heure?　(你幾點起床？)

À quelle heure part-on?　(幾點出發？)

特別注意

注意不要搞混了下面兩種用法。

■我們問人家幾點鐘的時候用Vous avez l'heure?(您知道現在幾點鐘嗎？)

■我們問人家有沒有時間用Vous avez temps?(您有時間嗎？)

3. 相關詞彙

光陰似箭。我們抓不住流逝的時間，卻可以學到和時間相關的字彙…

單字中文意義	法語單詞	中文拼音
今天	aujourd'hui	凹濁對
昨天	hier	業
明天	demain	德慢
前天	avant-hier	阿翁 業
後天	après-demain	阿配 德慢
這星期	cette semaine	謝特 色慢
上星期	la semaine passée	拉色慢 趴謝
下星期	la semaine prochaine	拉色慢 波炫
現今	le présent	瞥鬆
過去	le passé	趴謝
未來	l'avenir	阿翁逆
早到	être en avance	翁 那翁司
準時	à l'heure	阿 樂
遲到	être en retard	翁 喝大
快的	rapide (adj.)	哈闢
慢的	lent(adj.)	龍

le jour

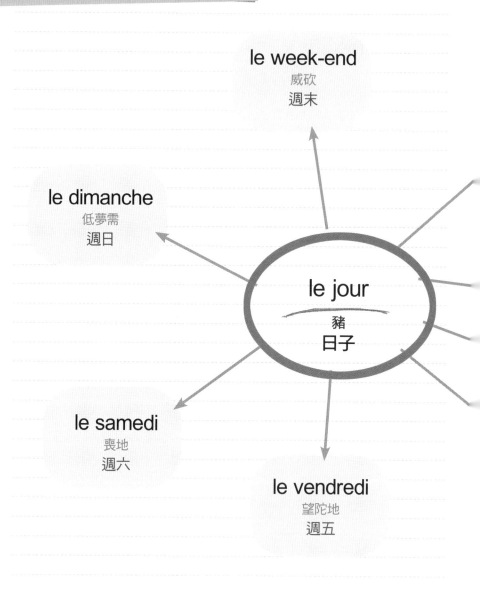

le week-end
威砍
週末

le dimanche
低夢需
週日

le jour
豬
日子

le samedi
喪地
週六

le vendredi
望陀地
週五

le lundi
郎地
週一

1. 對於日子的聯想

一週的日子(le jour)依序有…

週一(le lundi)、

週二(le mardi)、

週三(le mercredi)、

週四(le jeudi)、

週五(le vendredi)、

週六(le samedi)、

以及週日(le dimanche)。

而週六和週日是週末(le week-end)。

le mardi
馬地
週二

le mercredi
梅可地
週三

le jeudi
遮地
週四

2. 單字中文意義及例句

你能用法文說出一個禮拜的七天嗎？

單字中文意義	例句
le jour 豬 **日子**	On est quel jour? 翁累 給 豬 **今天星期幾？**
le lundi 郎地 **週一**	Je pars le lundi. 著 八 勒 郎地 **我週一出發。**
le mardi 馬地 **週二**	Elle va au cours d'anglais tous les mardis. ㄟ 挖 凹 庫 當格類 禿 壘 馬地 **她每週二去上英文課。**
le mercredi 梅可地 **週三**	C'est un jour férié mercredi prochain. 些 東珠 非利 梅可地 破宣 **下週三是假日。**
le jeudi 遮地 **週四**	Je dois commencer à travailler jeudi. 著 搭 恐莫些 阿 台外耶 遮地 **我週四就要開始工作了。**
le vendredi 望陀地 **週五**	Est-ce que tu es libre vendredi? ㄟ 司 課 禿 ㄟ 利伯 望陀地 **你週五有空嗎？**
le samedi 喪地 **週六**	Il déménage samedi. 依 得每那著 喪地 **他週六搬家。**
le dimanche 低夢需 **週日**	C'est dimanche aujourd'hui. 些 低夢需 歐洲對 **今天是週日。**
le week-end 威砍 **週末**	Ursula se marie ce week-end. 屋輸拉 色 馬力 色 威砍 **烏舒菈週末即將結婚。**

法文小老師

■ 用法文問今天是禮拜幾，可以用下面的句子：
Quel jour sommes-nous? (今天禮拜幾？)

■ 這樣的問句，我們可以回答：
Nous sommes mercredi. (今天星期三。)

3. 相關詞彙

想要學習如何用法文說出一天的各個時段嗎？

單字中文意義	法語單詞	中文拼音
早上	le matin	碼當
上午	la matinée	碼當鎳
中午	le midi	米地
下午	l'après-midi	阿配 米地
晚間	le soir	絲襪
夜晚	la soirée	絲襪雷

4. 趣味測驗

將兩種語言裡一星期的七天做適當的連結…

1. le mercredi ● ● A. 星期一

2. le vendredi ● ● B. 星期二

3. le dimanche ● ● C. 星期三

4. le lundi ● ● D. 星期四

5. le jeudi ● ● E. 星期五

6. le mardi ● ● F. 星期六

7. le samedi ● ● G. 星期天

le mois

MP3-38

1. 對於月份的聯想

一年的月份(le mois)…
包括了一月(janvier)、
二月(février)、
三月(mars)、
四月(avril)、
五月(mai)、
六月(juin)、
七月(juillet)、
八月(août)、
九月(septembre)、
十月(octobre)、
十一月(novembre)
與十二月(décembre)。

novembre
諾菲薄
十一月

octobre (m.)
歐克拖博
十月

septembre
些瀑通伯
九月

août (m.)
奧特
八月

juillet
淤裡業
七月

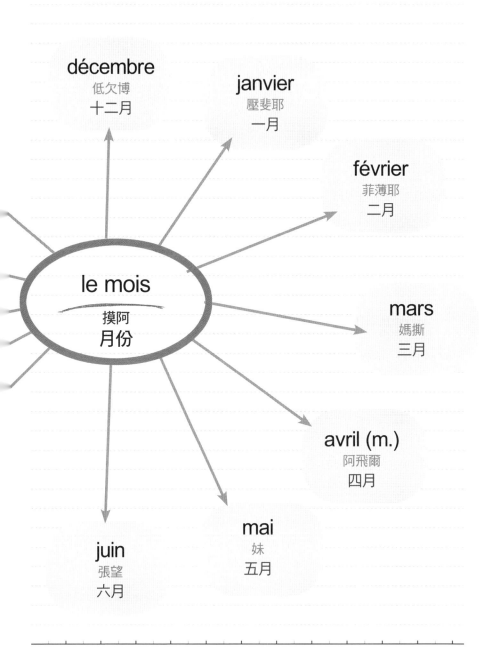

décembre
低欠博
十二月

janvier
壓斐耶
一月

février
菲薄耶
二月

le mois
摸阿
月份

mars
媽撕
三月

avril (m.)
阿飛爾
四月

mai
妹
五月

juin
張望
六月

■ 用法文問今天幾號，可以用下面的句子：

Nous sommes le combien, aujourd'hui?

(今天幾月幾號？)

■ 回答的時候，可以用下面的句子：

Nous sommes le trente-et-un janvier.

(今天是一月三十一號。)

特別注意

■ 如上例，在法文中，提到日子一般都用數字。不過，如果要說一號的話，要用序數premier。

例：

Nous sommes le premier.

(今天一號。)

2. 趣味測驗

請將缺少的字母填入。

1. s＿＿＿e m＿r e（九月）

2. o c＿＿＿r e（十二月）

3. ＿＿i n（六月）

4. a＿＿t（八月）

5. ＿＿r s（三月）

6. f＿＿＿i e＿（二月）

7. ＿a＿＿i e r（一月）

8. j＿＿＿＿e t（七月）

9. ＿＿＿i l（四月）

10. l e＿＿＿s（月份）

MEMO

試試看，將自己在這幾單元裡面記憶的
單字再以圖像的方式描繪下來。

Vocabulaire de Français

la saison

l'hiver (m.)
一非
冬天

le printemps
旁東
春天

la saison
些鬆
季節

l'automne (m.)
歐洞門
秋天

l'été (m.)
ㄟ電
夏天

1. 對於季節的聯想

一年的四個季節(la saison)：
包括有春天(le printemps)、
夏天(l'été)、
秋天(l'automne)
及冬天(l'hiver)。

2. 單字中文意義及例句

以下是法文春夏秋冬四個季節的說法。

單字中文意義	例句
la saison 些鬆 **季節**	L'automne est la saison des études. 羅洞門 ㄟ 拉 些鬆 跌 些度 秋天是讀書的季節。
le printemps 旁東 **春天**	Les fleurs fleurissent au printemps. 列 旁東 福理司 凹 旁東 花兒在春天開放。
l'été (m.) ㄟ電 **夏天**	Il fait très chaud en été. 依 非 推 秀 翁 ㄟ電 夏天很熱。
l'automne (m.) 歐洞門 **秋天**	Le paysage d'automne est très beau. 樂 背依薩 到洞門 ㄟ 推 伯 秋天的風景很美麗。
l'hiver (m.) 一非 **冬天**	Si nous allions faire du ski cet hiver? 西 努 殺利翁 費 都 司機 謝 踢非 今年冬天去滑雪好嗎？

3. 趣味測驗

請將季節依月份做歸類後再用法文寫出季節名字…

1. 三月、四月、五月是什麼季節？ _____

2. 六月、七月、八月是什麼季節？ _____

3. 九月、十月、十一月是什麼季節？ _____

4. 十二月、一月、二月是什麼季節？ _____

la fréquence et la mesure

1. 對於頻率和程度的聯想

從高到低來記憶和頻率(la fréquence)相關的法語單字，

這樣的單字包括了…

總是(toujours)、經常的(fréquent)、常常(souvent)、有時(quelquefois)、不常發生的(rarement)以及從來沒有(jamais)。

同樣的，我們也由高到低來記憶和測量程度(la mesure)相關的法語單字，

這樣的單字包括了…

完滿的(plein)、一點點(un peu)及空的(vide)。

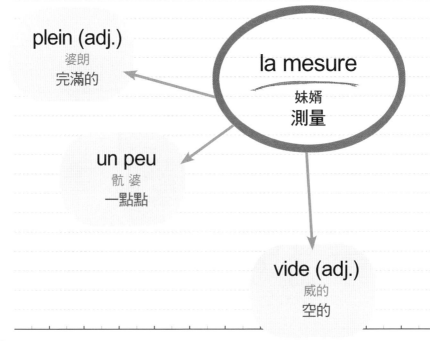

plein (adj.)
婆朗
完滿的

la mesure
妹婿
測量

un peu
骯婆
一點點

vide (adj.)
威的
空的

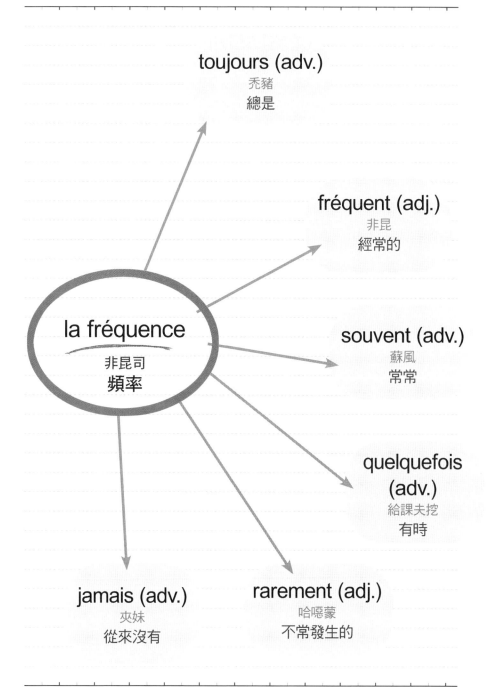

toujours (adv.)
禿豬
總是

fréquent (adj.)
非昆
經常的

la fréquence
非昆司
頻率

souvent (adv.)
蘇風
常常

quelquefois (adv.)
給課夫挖
有時

jamais (adv.)
夾妹
從來沒有

rarement (adj.)
哈嗯蒙
不常發生的

2. 單字中文意義及例句

表示頻率和程度的形容詞和副詞讓我們造的句子更生動…

單字中文意義	例句
toujours (adv.) 禿豬 **總是**	Je connais toujours la réponse. 著 恐內 禿豬 拉 黑碰 我總是知道答案。
fréquent (adj.) 非昆 **經常的**	C'est un symptôme fréquent. 些 東 膝痛 非昆 這是常見的症狀。
souvent (adv.) 蘇風 **常常**	Il a souvent faim. 依 拉 蘇風 放 他常常感覺餓。
quelquefois (adv.) 給課夫挖 **有時**	Mon père va quelquefois au travail à bicyclette. 蒙 被喝 瓦 給課夫挖 凹 他外 阿 逼稀客雷 我爸爸有時騎腳踏車上班。
rarement (adv.) 哈噁蒙 **不常發生地**	Je vais rarement à la gym. 著 威 哈噁蒙 阿 拉 進 我很少會去健身房運動。
jamais (adv.) 夾妹 **從來沒有**	Je ne l'ai jamais vu aussi heureux avant. 著 勒 壘 夾妹 淤 凹西 喝勒司 殺翁 我從來沒看過他如此高興。
plein (adj.) 婆朗 **完滿的**	Il est un professeur qui possède plein de connaissances. 依 淚 航 婆非色 七 婆謝 婆朗德 恐內西翁 他是一個很有學問的教授。
un peu 航 婆 **一點點**	Ce problème est un peu compliqué. 些 婆不連 ㄟ 航 婆 恐怖利喀 這問題有一點點複雜。
vide (adj.) 威的 **空的**	Le porte-monnaie est vide. 勒 波 蒙內 ㄟ 威的 錢包裡都沒錢了。

3. 相關詞彙

下表收錄了更多表現頻率和程度的字彙。

單字中文意義	法語單詞	中文拼音
每一次	toutes les fois	禿 壘 罰
這一次	cette fois	謝特 罰
有一次	une fois	淤 罰
再、又	encore	安可
少許	peu	婆
更多	plus	撲淤
足夠的	assez	阿謝
過多的	superflu	蘇配夫淤

4. 趣味測驗

試試看，將本單元學到的單字圈出來！

								L				
R	A	R	E	M	E	N	T	J	A	M	A	I	S
					F						P	
					F			M			L	
	L	A		F	R	É	Q	U	E	N	C	E
					Q			S			I	
	U	N		P	E	U	S	O	U	V	E	N	T
			V	I	D	E			R			
					N				E			
					T	O	U	J	O	U	R	

le jour férié

`MP3-41`

1. 對於重要假日的聯想

介紹各各重要的假日(**le jour férié**)…。

西洋的假日包括了新年(**le jour du nouvel an**)、情人節(**la Saint Valentin**)、愚人節(**le premier avril**)、復活節(**Pâques**)、法國國慶日(**le quatorze juillet**)及聖誕節(**Noël**)。

我國的假日包括了農曆新年(**le nouvel an chinois**)及國慶日(**la fête Nationale**)。

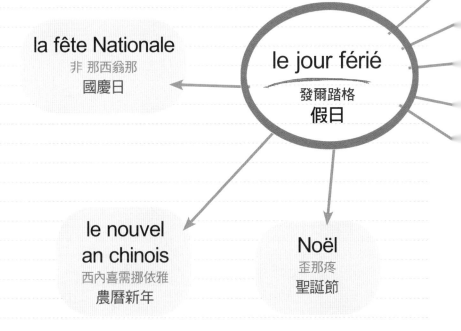

la fête Nationale
非 那西翁那
國慶日

le jour férié
發爾踏格
假日

**le nouvel
an chinois**
西內喜需挪依雅
農曆新年

Noël
歪那疼
聖誕節

le jour du nouvel an
挪依雅
新年

la Saint Valentin
翡冷探斯踏格
情人節

le premier avril
撇密爺 阿非而
愚人節

Pâques (pl.)
歐斯頓
復活節

le quatorze juillet
多依ㄘ 安害ㄘ踏格
法國國慶

2. 單字中文意義及例句

以下是各各重要節日的法文說法、中文翻譯及其各各節日的日期…

節日名	中文翻譯及日期
le jour du nouvel an 珠 賭 怒佛 骯	新年 一月一日
la Saint Valentin 喪 發浪蕩	情人節 二月十四日
Pâques (pl.) 罷課	復活節 三月底到四月底
le premier avril 撇密爺 阿非而	愚人節 四月一日
le quatorze juillet 嘎多次 諸位易	法國國慶 七月十四日
Noël 諾ㄟ勒	聖誕節 十二月二十五日
le nouvel an chinois 努握 骯 洗吶	農曆新年 農曆一月一日
la fête Nationale 非 那西翁那	國慶日 十月十日

3. 相關詞彙

想要知道更多和假日相關的字彙嗎？

單字中文意義	法語單詞	中文拼音
日曆	le calendrier	卡郎敵耶
暑假	les vacances d'été	瓦共司 跌跌
寒假	les vacances d'hiver	瓦共司 低為二
生日	l'anniversaire	阿逆斐謝
舞會	le bal	八
聯歡會	un festival	非司替挖
慶祝	fêter(v.)	非貼

> **法文小老師**
>
> 這個單元介紹了不少節日的名字。現在介紹更多和這些節日相關的習俗。
>
> 包括：
>
> 在復活節的時候，有彩蛋(œuf)。
>
> 在聖誕節的時候，有聖誕樹(sapin de Noël)。
>
> 還有在新年的時候要説新年快樂！(Bonne année!)

4. 趣味測驗

試試看，將打散的字母重新排列！

1. 法國國慶	5. 舞會
qlolutureaejizetl	eabll
2. 慶祝	**6. 日曆**
eêrtf	rcnrlildeaee
3. 情人節	**7. 暑假**
VeSitnintalanal	d'vascéeleécsant
4. 生日	**8. 新年**
nraarniil've se	rjveloauuleoudnn

Vocabulaire de Français

附錄

趣味測驗解答

趣味測驗解答

第1單元

L	E		V	E	N	T	R	E		L	É	P	A	U	L	E		E
A	L	E		B	R	A	S		L				L			L		
	L	A		T	Ê	T	E					E			E			
P	E		L	E		S	A	N	G			C		D				
O			E								C	O		D		O		
I		P				M					O		O					
T	L	E	S	C	H	A	U	S	S	U	R	E	S				L	
R	E	A		H		S				P		A					A	
I		U		A		S	C		S									
N	P			P		L	A		M	A	I	N					J	
E	I		L	E	G	E	N	O	U								A	
	E			A		S						M						
	D			U	L	E		D	O	I	G	T					B	
	L	A	C	H	E	V	I	L	L	E		E					E	

第2單元

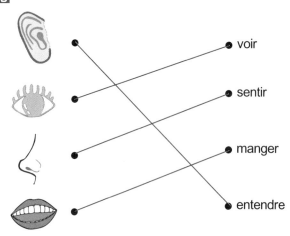

voir

sentir

manger

entendre

第3單元

			A	M	E	R			
O			G						
D	É	S	A	G	R	É	A	B	L	E
O	S	U	C	R	É	P			
R		I		A	I		D		
A		D		B	C		O		
N		S	A	L	É		U		
T			E				X		

第4單元

A)

1. vieux	2. grand
3. orgueilleux	4. appliqué
5. mal	6. sage
7. mince	8. joli

B)

1. sérieux	2. gentil
3. désordonné	4. timide
5. économe	6. mal
7. orgueilleux	8. vieux
9. appliqué	10. sûr

A) **1. satisfait, heureux, (triste), joyeux**

2. furieux, (enjoué), déçu, mauvais

3. ennuyeux, furieux, craintif, (heureux)

4. (joyeux), soucieux, craintif, mauvais

5. bon, confortable, (mauvais), joyeux

B)

	E	S	I	N	G	U	L	I	E	R		
	N	F	U	R	I	E	U	X				
	N		T				J		S			H
	U		R		C	O	N	F	O	R	T	A	B	L	E
	Y		I	F	Â	C	H	É	Y		T	O		U
L	E		S	E	N	T	I	M	E	N	T	I	N	R
	U		T			D	U			S			E
	X		E	N	J	O	U	É	X		F		U
L	A		H	A	I	N	E	Ç			A		X
	C	O	U	R	A	G	E	U	X			I	
M	A	U	V	A	I	S	C	R	A	I	N	T	I	F

第6單元

A) **(1) grand-mère**   **(2) sœur**

(3) frère   (4) parents

(5) mère   (6) frère et sœur

(7) père   (8) fils

(9) tante   (10) fille

B)

1.	2.	3.	4.	5.	6.	7.	8.	9.	10.
h	a	j	b	c	f	d	g	i	e

第7單元

第8單元

第9單元

1. le photographe	2. le cuisinier
3. le pilote	4. le disc-jockey
5. le soldat	6. le journaliste
7. l'agriculteur	8. le danseur
9. le chauffeur de taxi	10. l'écrivain

第10單元

1. 義大利 l'Italie	2. 英國 l'Angleterre
3. 比利時 la Belgique	4. 中國 le Chinois
5. 德國 l'Allemagne	6. 土耳其 la Turquie
7. 丹麥 le Danemark	8. 法國 la France
9. 西班牙 l'Espagne	10. 日本 le Japon

第11單元

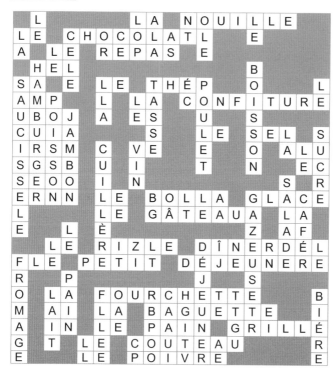

第12單元

1. 芒果 la manque
2. 香蕉 la banane
3. 胡蘿蔔 la carotte
4. 蘋果 la pomme
5. 西瓜 la pastèque
6. 蔬菜 le légume
7. 洋蔥 l'oignon
8. 蕃茄 la tomate
9. 水果 le fruit
10. 草莓 le fraise

第13單元

穿在上半身的是	穿在下半身的是
C, D, E, F, G, H, I, J, K, M, N, O, P, S,T	A, B, L, Q, R

第14單元

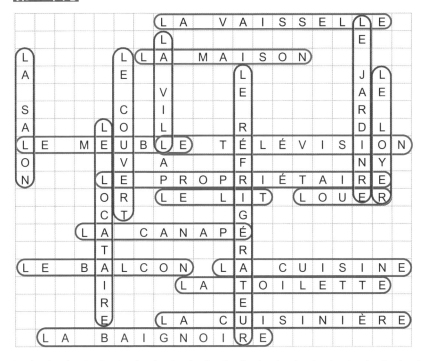

```
I L
  Y
  A
  U N F A U T E U I L
                  L
                  U
      E P M A L N
      U           N
      N
  I R O I R E T
              U
              N
              E
          A R M O I R E
              N A D
              S
          L A C H A B R E
```

Il y a un fauteuil, un lampe, un miroir et une armoire dans la chambre.
有一張扶手椅、一盞燈、一面鏡子及一個櫃子。

1. 飛機 l'avion
2. 救護車 l'ambulance
3. 公車站牌 l'arrêt d'autobus
4. 腳踏車 la bicyclette
5. 方向盤 le volant
6. 加油站 la station-service
7. 駕照 le permis de conduire
8. 直升機 l'hélicoptère
9. 公車 l'autobus
10. 汽車 la voiture

第17單元

1.	2.	3.	4.	5.	6.	7.	8.	9.	10.
A.	G.	B.	H.	E. / J.	I.	F.	C.	D.	E. / J.

第19單元

1. 信件	6. 小包裹
la lettre	le paquet
2. 手機	7. 收件者
le téléphone portable	le destinataire
3. 明信片	8. 答錄機
la carte postale	le répondeur
4. 郵差	9. 電話
le facteur	le téléphone
5. 郵票	10. 傳真機
le timbre	le télécopieur

Il allume la télévision et regard le journal et les émissions.

(他打看電視看新聞及電視節目。)

第21單元

```
                                L                L
                                A                A
                                N                L
                                L                U
            L   E   V   A   L            U
        L   A   M   O   N   T   A   G   N   E
      L   E       C   I   E   L   U           E
    L       L   A       M   E   R   P
  L   E   R   I   V   I   È   R   E   L
  E       U                           A
      S   I               L   E   B   O   I   S
  M   O   S                           I
  O   L   S   L   E       D   É   S   E   R   T
  N   E   L   E       T   E   R   R   E
  T   I   L   A   F   L   E   U   R
      L   U   L   E       T   E   M   P   S
```

第22單元

A)

1. 炎熱的	6. 氣候溫和的
chaud	tempéré
2. 打雷	7. 氣象報告
tonner	la météo
3. 下雪	8. 雲
neiger	le nuage
4. 有雲的	9. 雨傘
nuageux	le parapluie
5. 陽光燦爛的	10. 下雨
ensoleillé	pleuvoir

B)

好天氣	壞天氣
ensoleillé clair doux	mauvais la foudre le tonnerre l'averse l'orage l'inondation froid

第23單元

陽性	陰性
le singe　（猴子） le cheval　（馬） le chat　（貓） le panda　（熊貓） le pingouin　（企鵝） l'oiseau　（鳥） le chèvre　（羊） le lion　（獅） le canard　（鴨） le papillon　（蝴蝶） le tigre　（老虎） l'ours　（熊） le serpent　（蛇） le paon　（孔雀） le chien　（狗） le cochon　（豬） le pigeon　（鴿子） le chameau　（駱駝） le kangourou　（袋鼠） l'éléphant　（象） le loup　（狼） le perroquet　（鸚鵡） le cygne　（天鵝）	l'araignée　（蜘蛛） l'oie　（鵝） la girafe　（長頸鹿）

第24單元

							L					
L	A		P	L	A	N	T	E	F	L	E	U	R	I	R
E						L		E		V	A	S	E	L	L
							B						E	E
G				L	E		P	R	É	F			
A				L	E		R	A	M	E	A	U	T	J
Z					F	A	N	É	U			R	A
O		L	E		P	A	R	C		I		O	R
N						H		L		N	D
L	A	R	A	C	I	N	E	L		L		C	I
	L	E	F	R	U	I	T	E				N

第25單元

1. l'infirmier (護士)

2. blessé (受傷的)

3. se reposer (修養)

4. l'hôpital (醫院)

5. la piqûre (打針)

6. le médecin (醫生)

7. la santé (健康)

8. la fièvre (發燒)

9. l'ambulance (救護車)

10. la pommade (藥膏)

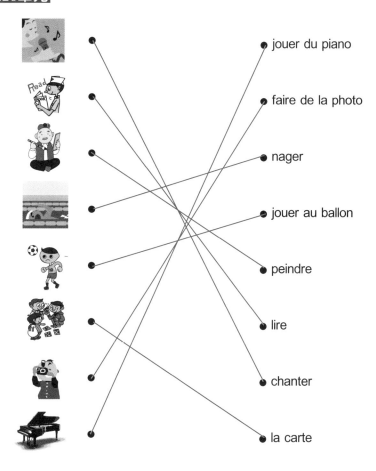

jouer du piano

faire de la photo

nager

jouer au ballon

peindre

lire

chanter

la carte

第27單元

1. le bowling (保齡球)　　　2. le basket (籃球)

3. la médaille (獎牌)　　　4. l'équipe (球隊)

5. le cyclisme (騎腳踏車)　　6. le football (足球)

7. le base-ball (棒球)　　　　8. le tennis de table (桌球)

9. le badminton (羽球)　　　　10. l'arbitre (裁判)

第28單元

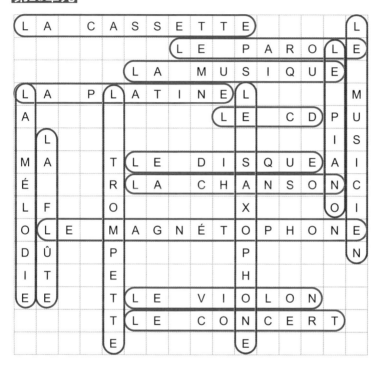

第29單元

1. 演出	4. 繪畫藝術
le spectacle	la peinture
2. 劇本	5. 繪畫
la pièce	le tableau
3. 畫家	6. 戲劇
le peintre	le drame

```
                                        I   L
                                        M   A
                                        P
L  E     C  O  M  M  E  R  C  E         O   S
                       L  E     P  R  O  D  U  I  T
L  A     B  O  U  R  S  E        C  L   T  C
   P              R  I  C  H  E     E   E  I
L  A     C  A  R  T  E     D  E     C  R  É  D  I  T
   U                          R  P     T
   V           B  O  N     M  A  R  C  H  É
   R        L  A     S  A  L  A  I  R  E
L  E     C  H  È  Q  U  E     E  X  P  O  T  E  R
```

第32單元

1. 31, trente et un

2. 92, quatre-ving-douze

3. 15, quinze

4. 46, quarante-six

5. 20, vingt

6. 11, onze

7. 12, douze

8. 30, trente

9. 100, cent

10. 5, cinq

第33單元

									L			
B	M	A	R	R	O	N	L	L		E		O	A
L	'		H	E	R	B	E	E			R	R
O	I	N	D	I	G	O			S		A	G
N	L		B	L	A	N	C	T	J	A	U	N	E
D	E	B	L	E	U		O	A		N		G	N
		E	N	O	I	R	X		G		E	T
	R				B	I	B	R	U	N	É
L	A		C	O	U	L	E	U	R	I
	I		I			A	R	O	S	E
	S	V	E	R	T	U		U
V	I	O	L	E	T			G
	N	L	E		P	A	P	I	E	R

第34單元

(1) triangulaire   (2) le cylindre

(3) la sphère   (4) rectangulaire

(5) le cône   (6) ovale

(7) le cube   (8) octogonal

第36單元

1. le mercredi		A. 星期一
2. le vendredi		B. 星期二
3. le dimanche		C. 星期三
4. le lundi		D. 星期四
5. le jeudi		E. 星期五
6. le mardi		F. 星期六
7. le samedi		G. 星期天

第37單元

1. septembre 九月　　2. octobre 十二月

3. juin 八月　　4. août 八月

5. mars 三月　　6. février 二月

7. janvier 一月　　8. juillet 七月

9. avril 四月　　10. le mois 月份

第38單元

1. le printemps　　2. l'été

3. l'automne　　4. l'hiver

第39單元

```
                L
R A R E M E N T     J A M A I S
          F               P
          R       M       L
  L A   F R É Q U E N C E     I
          Q       S       I
U N     P E U   S O U V E N T
    V I D E       R
          N       E
          T O U J O U R
```

第40單元

1. 法國國慶 le quatorze juillet	5. 舞會 le bal
2. 慶祝 fêter	6. 日曆 le calendrier
3. 情人節 la Saint Valentin	7. 暑假 les vacances d'été
4. 生日 l'anniversaire	8. 新年 le jour du nouvel an

國家圖書館出版品預行編目資料

圖解法語單字 網絡串流記憶法/林曉葳
, Marie Garrigues合著. -- 增訂1版. -- 新北市：
哈福企業有限公司, 2024.03
　面；　公分. -- (法語系列；17)
ISBN 978-626-7444-00-9(平裝)
1.CST: 法語 2.CST: 詞彙
804.52　　　　　　　　　　　113000773

免費下載QR Code音檔
行動學習，即刷即聽

圖解法語單字　網絡串流記憶法
(附QR碼線上音檔)

作者／林曉葳，Marie Garrigues
責任編輯／William Wei
封面設計／李秀英
內文排版／林樂娟
出版者／哈福企業有限公司
地址／新北市淡水區民族路 110 巷 38 弄 7 號
電話／ (02) 2808-4587
傳真／ (02) 2808-6545
出版日期／ 2024 年 3 月
台幣定價／ 379 元 (附線上 MP3)
港幣定價／ 126 元 (附線上 MP3)
郵政劃撥／ 31598840
戶名／哈福企業有限公司
封面內文圖 / 取材自 Shutterstock

全球華文國際市場總代理／采舍國際有限公司
地址／新北市中和區中山路 2 段 366 巷 10 號 3 樓
電話／ (02) 8245-8786
傳真／ (02) 8245-8718
網址／ www.silkbook.com 新絲路華文網

香港澳門總經銷／和平圖書有限公司
地址／香港柴灣嘉業街 12 號百樂門大廈 17 樓
電話／ (852) 2804-6687
傳真／ (852) 2804-6409

email ／ welike8686@Gmail.com
facebook ／ Haa-net 哈福網路商城

哈福